优秀蒙古文文学作品翻译出版工程 ★ 第八辑

喃喃阿拉塔

短篇小说卷

内蒙古翻译家协会／选编

作家出版社

前　言

内蒙古文学作为我国社会主义文学事业的重要组成部分，是祖国北疆亮丽文化风景线上的一颗璀璨夺目的明珠。自古以来，内蒙古文学精品佳作灿若星河，绵延接续，为构建多元一体的中国文学版图贡献了应有的力量。

蒙古文文学创作是内蒙古文学的一抹亮色，广大少数民族作家用自己生动的笔触创作出了一大批讴歌党、讴歌祖国、讴歌人民、讴歌英雄的优秀蒙古文文学作品。鸿雁高飞凭双翼，佳作共赏靠翻译。这些优秀蒙古文文学作品并没有局限于"酒香不怕巷子深"，而是通过插上翻译的翅膀"飞入寻常百姓家"，乃至走向更广阔的世界舞台。

为集中向外推介展示内蒙古优秀蒙古文文学创作的丰硕成果，为使用蒙古文创作的作家搭建集中亮相的平台，让更多优秀蒙古文文学作品被读者熟知，自2011年起，由内蒙古党委宣传部、内蒙古文联、内蒙古翻译家协会联合推出文学翻译出版领域的重大项目——"优秀蒙古文文学作品翻译出版工程"。该工程旨在将内蒙古籍作家用蒙古文创作的优秀作品翻译成国家通用语言文字，面向全国出版发行和宣传推介。此工程是内蒙古自治区成立以来第一次大规模、全方位、系统化向国内外读者完整地展示优秀蒙古文文学作品成果的重大举措，是内蒙古自治区蒙古文文学创作水准的一次集体亮相，是内蒙古自治区文学翻译水平的一次整体检验，是推广普及国家通用语言文字工作的生动实践。

民族文学风华展，依托翻译传久远。文学翻译是笔尖的刺绣，文字的雕琢，文笔的锤炼。好的文学翻译既要忠于原著，又要高于原著，从而做到锦上添花，达到"信达雅"的理想境界。这些入选翻译工程的作品都是内蒙古老中青三代翻译家字斟句酌的精品之作，也是内蒙古文学翻译组织工作者精心策划培育出来的丰硕果实。这些作品篇幅长短各异，题材各有侧重，叙述各具特色，作品中既有对英雄主义淋漓尽致的书写，也有对凡人小事细致入微的描摹；既有对宏大叙事场景的铺陈，也有对人物内心波澜的捕捉；既有对时代发展的精彩记录，也有对社会变革的深入思考；既有对守望相助理念的呈现，也有对天人和谐观念的倡导。它们就像春夜的丝丝细雨，润物无声，启迪人的思想、温润人的心灵、陶冶人的情操，为我们心灵的百草园提供丰润的滋养。

该工程实施以来，社会反响强烈，各界好评如潮，为读者打开了一扇了解蒙古文文学创作的重要窗口，部分图书甚至成为多家高等院校及科研院所重要的文献资料。此项功在当代、利在千秋的工程，为促进各民族作家、翻译家交往交流交融发挥了重要作用，为满足人民文化需求和增强人民精神力量提供了坚强支撑，对铸牢中华民族共同体意识、构筑中华民族共有精神家园做出了积极贡献。

石榴花开，牧野欢歌。时光荏苒，初心不变。在开启建设社会主义文化强国新征程之路上，衷心祝福这些付梓出版的作品，沐浴新时代文艺的春风，带着青草的气息、文学的馨香、译介的芬芳，像蒙古马一样，纵横驰骋在广袤无垠的文学原野之上。

内蒙古文联党组书记、主席　冀晓青

目 录

"浴羊"路上

阿云嘎 著

阿云嘎 译

阿云嘎

阿云嘎（1947—2020），内蒙古鄂托克旗人。1976年起在《花的原野》《草原》《民族文学》《十月》等刊物发表小说，著有多部图书。1991年加入中国作家协会。曾获第六届全国少数民族文学创作"骏马奖"，内蒙古文学艺术杰出贡献奖和突出贡献奖，三次荣获内蒙古自治区文学创作"索龙嘎"奖。部分作品被翻译介绍到国外。

一

　　小时候，我差不多每年都参加"浴羊"。浴羊，就是把羊群
赶到咸湖边上，把羊一只一只扔进水里，给羊洗个咸水澡。这是
生活在鄂尔多斯高原上的蒙古族牧民多少辈传下来的做法，一直
流传到现在。

　　那时候，我的家乡很荒凉，人烟稀少，一口古老的水井，或
者有一条小溪的小盆地，就能吸引三五户牧民好几辈居住下来。
除了劳动以外绝无其他非分要求的牧民们，一代接一代地在那一
块天地里操劳着。每年一次浴羊，到几十里地以外的咸湖走一
趟，确实是牧家的一件大事，引起欢乐和激动。

　　每年快到浴羊的时候，我们这些牧家的孩子像过节日一样
高兴。浴羊需要人多，一家一户单独行动难以应付，必须几家
一起去。几家的孩子好不容易走到一起，暂时脱离了大人们的
管束和监督，感到像小鸟一样自由自在。羊群不愿离开已经习
惯了的草场，总是走不快，我们只能慢慢地赶着走。我们像没
有上笼头的二岁子马，奔跑着，嬉闹着，你咬我一口，我踢你
一脚。而家里的大人们动身比我们迟，快到中午才出发，骑着马

赶着驴，带着锅碗瓢盆、干粮、帐篷，从后边赶来，赶到我们前边去，找个能宿营的地方，搭好帐篷，熬好奶茶，等我们把羊群赶到。

离湖几十步远挖好几个大坑，再挖渠把湖水引进坑里，而后把羊群赶到坑边，大人小孩围成半圆形（圆的另一半就是湖），逮住羊扑通扑通地扔进坑内。又稠又咸的湖水浓得像硫酸，如果把人扔进坑里，身上马上会烫出水泡的。就是那些羊，受到这种意想不到的袭击，也会惊恐万状。它们一个个地从坑内爬出来，浑身淌着水，委屈地咩咩叫个不停，样子十分可怜。"浴"完以后，便是把羊赶到中午滚烫的沙漠上暴晒。羊群站在沙子上，身上的水分马上挥发掉了。而水里的盐、碱、芒硝等留在了羊身上。这样一来，羊身上的一切寄生虫被彻底消灭。过几天让暴雨一冲洗，它们的毛色会像缎子一样发亮，比任何时候都精神起来。

大约是我十五岁那一年吧，我又参加了一次浴羊。

二

那次浴羊，是我们五家一起去的。五家的羊放到一起赶，一家出一个孩子。

五个孩子中，除了我以外，还有两个男孩子。一个叫古勒格，是个又黑又瘦的家伙，有名的淘气鬼。另一个叫扎木苏荣，别看他比我和古勒格大一岁，且长得又白又胖，实际上是草包一个。他总爱招惹我俩，结果每次都吃亏。还有两个姑娘，一个叫珊丹，一个叫萨仁花，比我们大好几岁。处于我们当时那种年龄的男女是走不到一起的。所以我们三个男孩和她们两个姑娘自然互相躲得远远的。我们三个在羊群的这一边，她俩总在羊群的那一边。在那个时候，真不知道我们究竟为什么那么讨厌女孩子。讨厌得简直到了仇恨的地步。男孩子们互相骂，最厉害的一种就是"谁谁是你老婆"！被骂的一方绝不会容忍，马上就会动拳头，直打到鼻青脸肿才罢休。我们见了跟我们年龄相仿的小姑娘，会毫无缘由地骂她们，甚至有时候还打她们。所以小姑娘一般都躲得远远的。为此，我们感到十分满足。

但那一天不知怎的，我们的心情与以往不同。

寸草滩犹如绿缎子般发亮。远远地看去，两个姑娘站在羊群的那一边，紧紧靠在一起，不停地说着什么。真不知道这些姑娘们哪来那么多说不完的话，一见面总是互相悄悄地说个不停，咻咻地笑个不停。我无意之中远远地看了她们一眼，心里产生了一种从未有过的微妙的震动。我感到，她们的身段，随便搭在肩上的头巾，偶尔随风摆动一下的衣角，似乎突然间都对我具有了一种吸引力。我把她俩看了很久。后来我一下子意识到自己是在看两个"黄毛丫头"，而且看了那么久。我感到了问题的严重性，我这种反常的神态要是被古勒格和扎木苏荣看出来，他俩就会从心眼里瞧不起我，我会被孤立的。我飞快地瞟了他们一眼，嗬，今天可真怪了。古勒格也跟我一样，久久地直愣愣地望着她俩，瘦黑的脸上显出激动。而扎木苏荣简直像个傻子，同样呆呆地看着两个丫头发愣。

那两个姑娘当时究竟有多大年龄我已记不起来了。只记得珊丹比萨仁花还大一些。但不管怎样她们还应该算是孩子。珊丹当时最多也就十八岁，我想。就在那一天，我第一次感到这两个姑娘不但不使人讨厌，而且发现她们原来是那样的美丽。看吧，珊丹长得比萨仁花高一些。不胖不瘦，像一棵戈壁红柳一样窈窕多姿。萨仁花长得却很壮实，有几分男子气，犹如一株过分茂盛的柠条。

有几只调皮的山羊离了群，两个姑娘转身走开，赶那几只羊去了。

古勒格突然装出满脸看不起的样子："看那两条小母狗，咋看咋不顺眼。那个珊丹更是……"

我接住他的话："是呀，真叫人恶心。"我企图用这么一句话掩饰刚才的失态。

这是我们之间第一次隐瞒自己的真实感情，企图蒙骗对方。啊，这也许说明我们那时已经快要告别天真无邪的少年时代了吧。

只有不会撒谎的扎木苏荣呵呵笑着："依我看，珊丹和萨仁花是两个漂亮姑娘。"

三

晌午，我们把羊群赶到一个小盆地。盆地长满了水嫩的小草。在干旱的鄂尔多斯高原，有很多这样的地方，我们管它叫"柴达木"。一条小溪在柴达木腹地欢快地流淌，野鸭在水中嬉戏，水边的草像铺了地毯一样平整而光滑。湿润的空气使人心旷神怡。再看柴达木四周连绵起伏、无边无际的硬砂戈壁，你真想一辈子待在这个地方。五家的羊群放在一起，像无数颗珍珠一样在绿草滩上滚动着。我们三个这时已经忘掉了刚才的激动，忘掉了两个姑娘。

扎木苏荣突然笑着对我和古勒格说："我给你们吃个好东西。"他笑得有点古怪。

"什么好东西？"古勒格问。

他掏了半天破书包，拿出三块花纸包着的糖球，一人给了一颗。我们那个地方把这种糖叫作"俄罗斯糖"，像我们这样普通人家的孩子，一年也吃不到几次的。

我们不知道这家伙从什么地方搞到了这种糖。扎木苏荣实际上是个苦命的孩子。父母早逝，家里只有姐姐姐夫。姐夫是个地道的浪荡鬼，他姐姐只知道跟着男人发疯，从来不照顾弟弟。所以比起我和古勒格来，扎木苏荣不幸多了。天知道他怎么会长得又白又胖。但他那高大的身躯不会给人一种健壮的感觉，而显得笨重可笑。

"吃，吃呀，快吃。"他在催我们。他把自己的那一块放进嘴里，"哈，真好吃。"

本来我们还有点舍不得吃掉手里的糖。但经他这么一刺激，我们撕开了糖纸，这才知道上了当。纸里包的不是糖，而是羊粪蛋。

扎木苏荣得意地挤眉弄眼："怎么不吃了？吃呀……"

他那种得意忘形的样子，使我们感到忍无可忍。我们扔掉了羊粪蛋，握紧拳头向他靠近。

他好像并未觉察到灾难已经到来，还在笑："嘻嘻……为什么扔掉？太可惜了，吃了多好……"

我和古勒格几乎同时打了出去，一人一拳就把那小子打倒在地上。之后双双骑在了他的身上。

他拼命地挣扎："哎哟，我再不敢了，饶了我吧……"他又喊又笑。但我们不会轻饶了他，你一拳我一拳地打下去。

古勒格抓起一把湿土抹在拳头上，在扎木苏荣眼前晃了晃，威胁道："叫爹！不叫我要'补尿壶'了。"用抹上湿土的拳头在对方的脑袋上来回蹭，我们叫作"补尿壶"。那是非常疼的。

"你放开我，我就叫。"扎木苏荣说。

见他在耍滑头，古勒格开始"补"了。古勒格家孩子多，父亲对孩子们非常严厉。所以古勒格非常害怕父亲。但父亲不在跟前，他什么事都敢做。

扎木苏荣疼得受不了，喊了起来："哎哟，我叫，我叫……爹……"

"好好叫！"古勒格随时准备继续"补"。

"古勒格爹……"

我们放开了他。他爬了起来，摸摸被"补"得青一块紫一块的光头："儿子摸爸爸的脑袋，将来会得手抖的毛病。"他就是这么一个人，老是惹我们，惹的结果必定挨打，挨完打再来惹，从这种恶性循环中获得乐趣和满足。我们重新把他按倒，又"补"了起来，一边还学着挑担走家串户的汉族小炉匠那种不太利索的蒙话叫了起来。

"这尿壶漏得不行了。"

"好好补，要不然一尿就漏。"

扎木苏荣受不了这酷刑，开头还在笑，后来就叫，最后疼得哭了起来，一边哭一边骂。这小子，真没用。我们早就不这样哭了。

我们只好放开了他。

他站起来，衣服扣子不见了，满身是泥。他一边拍打身子，一边还在哽咽："哼！古勒格，狗崽子叫古勒格……嗯嗯……不要脸的东西，你跟珊丹睡过一个被窝……"

我们有时这样骂对方："跟姑娘睡过一个被窝。"确切的含意我们也不清楚，但却知道那是非常丢人的事。

他又朝我骂："萨仁花是你老婆！"

要是放在过去，他这样骂我们，肯定逃脱不了第三次"补尿壶"的厄运。但这一次，无论是古勒格还是我，都没有动。奇怪的是，这次挨了骂我们谁都没有觉得不能容忍，反而心里感到甜滋滋的。

他骂完了，抽抽搭搭地从破书包里又拿出两块糖给我俩。

我们相信，这回绝不会是羊粪蛋。

四

我们把羊群赶到了高粱上。我想，来到鄂尔多斯高原的人，只有当他爬上那绵延几百里，像山一样陡峭的高粱的时候，才能真正领略到鄂尔多斯迷人的风光。从这里，能看到千里之外的贺兰山，和贺兰山以南苍苍茫茫神秘的大平原。"那里是回回的世界"，老人们说。你站在高粱上，再向着南方极目远眺吧，浩瀚的毛乌素沙漠金光闪亮，像无边无际的凝固了的金色海洋。在这里，你也许能看到马群从天地相接的远处奔腾而过，一瞬间变得无踪无影。还可能看到一两峰骆驼，一动不动地立在那里，像古老动物的化石。或许，你还能看到一个骑马或者骑骆驼的人。你会感到，人，在这里是那样渺小，人类的一切活动，显得那样无力、可怜。这里只有大自然的雄伟和辽阔。

今年雨水充足，沙蒿和柠条长得非常茂盛，丛丛簇簇地连绵不断。远远的天边，蘑菇状的云朵露出了脑袋。我们向刚才打过架的柴达木望去，嗬，那么大的草滩现在看起来就像巴掌那么点儿了。从高处俯瞰这一切，别有一番情趣。柴达木中间有个骑马的人朝这边走过来，看着好似一只甲虫一样小。

"喂！你们过来，快过来呀！"

珊丹在前边叫我们。萨仁花她俩已经跑上了一座土丘。

要是在过去，我们是不会理睬她的。叫我们"过去"，她算老几？但今天我们却很高兴地向她俩跑去。

"你们吃呀。"珊丹把包在手巾中的干粮递给我们。

我们确实有点饿了。但因为干粮是一位姑娘的，我们犹豫了一下。

"还客气呢。"珊丹伸手把我一拽，便把我拉到她的身旁坐了下来。这样一来我紧张极了，怕她这一举动引起古勒格和扎木苏荣的注意。他俩会欺侮我的。我想站起来，可珊丹却用手压着我的肩不让我往起站，这样一来我差不多被她搂住了。我急忙中扫了她一眼。我看到她前额上的几绺头发是乌黑发亮的，她的两道浓眉和一双圆圆的眼是那么漂亮。她红扑扑的脸上渗出了细密的汗珠。我感到她的肩膀是柔软而有力的，而且她浑身散发着热气，使我热得受不了。我简直像做梦一样精神恍惚。

"刚才你们在草滩上说什么啦？好像还提到了我的名字。"她问。虽然比我们大几岁，但她毕竟未脱孩子气。两只眼睛天真地忽闪着。

听她这么一问，我们三个都不好意思起来。

"没有，没有。我们什么也没说。"古勒格竭力否认着。

扎木苏荣的脸红到了耳根，嘿嘿地笑。

萨仁花像个假小子一样打着口哨。"得了，得了。没说就没说吧，紧张什么？"她装得像大人般不耐烦的样子，接着又说，"告诉你们这些小兔崽子，今后少在背后说我们姑娘们的坏话，那样将来会找不上媳妇的。"

真是个野丫头，竟然训斥起我们来了。我们当然不会示弱。

"我们才不找什么媳妇呢。"古勒格说。

"萨仁花，这么说来，将来你也要找男人啦？"我反问道。

"说到将来嘛，当然要找。姑娘长大了，谁都得找婆家，懂吗？"

她毫不在乎地拿腔拖调地讲着。珊丹却替她羞红了脸，小声劝着她："瞎嚷什么？你可真是……"

古勒格不打算轻易放过她，继续问道："你想找什么样的男人呢？"

再厉害也毕竟是个姑娘，她的脸微微红了一下。她抬起头来，看着我们认真地说："当然要找好的。就像大哥哥一样，能关心我，能让我无忧无虑地生活……嗨，不说了，不说了。"她突然想赶快结束这个话题。

我们的心，微微震动了一下。一个姑娘，当着我们的面，说起了将来要找什么样的男人，不但没有使我们觉得有任何出格的地方（要是在过去，我们肯定会认为萨仁花是个不要脸的东西），反而感到她心中对未来的憧憬是十分美好的。

珊丹站了起来，突然提议："咱们一起玩儿吧。"

"咋玩儿呢？"

"咱们从这儿往下跑，看谁跑得快。"她兴致勃勃地说。

我们像撒欢的小马驹一样奔跑起来。真没想到，珊丹会跑得那么快。我和古勒格拼出吃奶的力气才能跟上。我俩谁也不甘落后，都想在姑娘面前露一手。萨仁花跑了几步就不跑了，掐了一枝野花拿在手里，打着口哨，慢悠悠地走着。扎木苏荣虽然也在跑，但已远远地落在了后边。这个高大笨拙的家伙，像牛一样喘着粗气。

我们的笑声响彻了整个草原。

五

刚才出现在草滩上的那个骑马人来到我们跟前。原来是森格。森格是公社秘书，爱骑走马，夏天老是穿着一件雪白的衬衫。他下乡到过我家，每天早晨都刷牙，还抹擦脸油。

他骑着马跑到我们跟前，很有风度地笑了起来："珊丹，你好！"接着又说，"哦，萨仁花也在这里。"对我们三个男子汉却看都不看一眼。他的眼睛是专门为了看姑娘而长的。这混蛋！

他下了马，走到珊丹跟前，拿出一支烟用打火机点着了，说道："听说你在赶羊，我就追着你跑。你看，马都出汗了。"

珊丹不作声。但看得出来，她对森格是不太欢迎的。看出这一点，我们很高兴。

森格这家伙趾高气扬地看看左右，对萨仁花说："萨仁花，你骑上大哥的马，去达楞太家统计一下绒毛收入情况再回来。"他打发走了萨仁花，才注意到了我们三个的存在，突然呵斥道："喂！羊都走远了，你们还站着干什么？还不快去？尿！"

我们明白了他的用意。他支走了萨仁花，现在又想把我们轰走，打算单独和珊丹留在一起。不要脸的东西，你才是"球"呢！

我们十二分不情愿地走下了土丘。古勒格突然说："他究竟想和珊丹搞什么名堂？走，咱们悄悄盯着他们。"

真是个好办法。我们像猎人一样猫着腰，轻手轻脚地踅了回去，隐蔽在一丛柠条后边，偷偷望着他们。

他俩还是那么站着。只是两人之间的距离比刚才近多了。森格笑着："珊丹，你想想看，我是国家干部，你要是跟我结了婚，就搬到公社去住。不愁吃穿，有钱花。"听他那个话音，就像哄着不懂事的孩子。再看他那个笑容吧，真让人生气。

珊丹窘极了。怕、羞、急，使她满脸通红。她埋着头，用羊鞭在地上乱画。我们对她十分同情，这么一个好姑娘，叫这坏蛋逼得六神无主。这森格真不是个东西。

森格却一点都不可怜她。"你大概也知道，现在的姑娘们拼命追干部。但我们这些人说实话又瞧不起她们。所以嘛，绝大多数姑娘最后只能找一个满身臭汗的牧民过一辈子。唉，可怜！"

他的话里充满着优越感，还骂我们放牧人"满身臭汗"！

看珊丹还不吱声，他好像急了："你……要是不好意思表态……也没什么，就算这么定了。过两天我让别人去告诉你父母。"

"不……不行！"珊丹怯生生地叫起来。

森格脸上出现了一种十分古怪的笑。"别害羞，没什么。"他突然抓住了珊丹的手。我们有生以来第一次见到这种事，心跳得像怀揣了一只兔子。珊丹拼命想抽回自己的手，森格却顺势跨一步，竟把她紧紧地抱住了。"你别怕……听话，我可是干部。"

珊丹在拼命地挣扎，还带着哭腔说着什么。但这厚颜无耻的家伙不但不放她，反而抱得更紧了。嘴里反复说着："别怕……别怕……"

我们急得不知道怎么办才好。古勒格突然说："快，咱们喊！"接着他喊了起来："珊丹姐，你在哪里？"扎木苏荣和我也可着嗓门喊："珊——丹——姐——"

听到喊声，森格一下子放开了珊丹，用阴森森的眼光左顾右盼，想弄清楚这突如其来的喊声是从哪里来的。珊丹飞快地整理着衣服，一边急急地答应着："我在这儿哪，你们快来。"看样子，简直是在呼唤着救星。

我们从柠条后边站了起来。珊丹用感激的眼光看了我们一下。这使我们非常高兴。恼羞成怒的森格在不住口地骂我们。但这对我们来说简直不如蚊子叫呢。有珊丹那感激的一瞥，我们全有了。我们是胜利者。

"你们滚！"骂完了他又吼。

我们没有动。

他举起了马鞭。

我们走了十来步又站住了，并且回头看着他。珊丹急急忙忙朝羊群走去。森格不死心地跟上了她。我们又不远不近地跟在了他的后边。后来萨仁花回来了，森格只好骑上马滚蛋。

他从我们旁边走过去的时候，脸色变得铁青，咬着牙骂了一句："我将来叫你们蹲监狱！"说完用马鞭狠抽了一下马屁股，狂奔而去。

我们故意大声笑了起来。

六

快到中午了。

远远看到几个人骑着马赶着毛驴朝我们赶来。那是我们几家的大人们。我们认出，走在最前头的是古勒格的父亲。我们欢呼起来。让火辣辣的太阳晒了半天，我们又累又饿，大人们来了，我们可以把炒米酸奶吃个够。只要填饱了肚子，我们的精力就会奇迹般地恢复，我们又会在草原上欢快地奔跑。

我们五个静静地站在那里，看着大人们走近。多么晴朗的天，像蓝色的绸缎，天空中有一只小鸟在不停地啁啾，但你只能听到它的声音，却无法看到它。

大人们来到了我们跟前。古勒格的父亲望了望正在安静地吃着草的羊群，满意地微笑了。劳动总是给人们带来快乐，看来大人们今天情绪很好。古勒格的父亲把眼光收了回来，继而用审视的目光看着我们。突然他的目光变得严厉起来，我们的心里咯噔了一下。原来他注意到了扎木苏荣的脑袋，我们"补尿壶"的痕迹还留在他的光脑门子上。"你的头怎么了？"他奇怪地问。扎木苏荣摸了一下沾满泥巴的脑袋，傻乎乎地笑着回答："我们刚才补了一下。"这笨蛋，连撒谎都不会。

"什么？补了一下？"古勒格的父亲更加奇怪了。很显然，他不懂何谓之"补"。接着他转向古勒格很严厉地问道："又是你干的好事吧？"

古勒格在他父亲面前就像耗子见了猫一样，平时的淘气劲儿一点儿也不见了，低头弯腰像一张弓，小声回答："不是我……"

古勒格的父亲冷笑了一声："不要只图玩，不能让羊饮积水，也不要把羊赶得太快。明白了吗？"

古勒格十分老实地答应着。萨仁花的父亲是个善眉慈眼的老头儿，他笑着："我们到湖边上宿营，你们几个把羊赶到离湖不远的地方过夜就行了，明天上午把羊赶到湖边。这是你们的午餐和晚餐。"他拿出炒米、奶酪递给了我们。我们都暗暗地高兴起来。今天，大人们不跟我们在一起过夜，我们玩到天明都没人管，怎么能不高兴呢？

我们看到哈达大哥也跟我们几家的大人一起来了，觉得有点奇怪。他家在半个月前已经浴过羊，这我们知道。他是想帮帮我们几家的忙吧？我们想。

哈达大哥长着一副漂亮的黑里透红的脸，看上去很有神采。他是一个老实厚道的人，话不多，见了人总是露出雪白的牙齿笑。他家里生活困难。因为他爱帮助左邻右舍，干起活来又快又好，且不怕吃苦流汗，大人们经常赞叹："哈达是个好小伙子！"我们都叫他哈达大哥，对他很敬重。

今天我们发现，哈达大哥不时地向珊丹瞟一眼。于是我们又想起刚才森格欺侮珊丹的情景。我们产生了一种怀疑，这些青年男子好像都在打珊丹的主意。

大人们对我们嘱咐了一番，继续赶路了。哈达大哥走出几十步远便下了马，佯装整理坐骑的肚带，落在了后边。他向我招了招手。我跑了过去。他拿出一个叠成 X 形的纸条递给了我，并说："你把这个递给珊丹。注意，别让别人看见。"他对我笑了笑，骑上马走了。

这肯定是一封情书，我想。我心里感到非常的别扭。我突然对从来敬重的哈达大哥产生了一种莫名其妙的敌意。我回头看了看珊丹，她也正在看着我。看得出来，她在等待我把这个可恨的情书给她送去。我突然来了一股倔劲：哼！你等着吧，我偏不给你送去。我感到受了欺骗和委屈。

整个下午，珊丹多次用期待的，甚至于是乞求的眼光看过我呀。但这更使我气愤。我像没事人一样跟古勒格和扎木苏荣玩着，理都不理她。

我们把羊群赶到一个长满野艾的平坦草场。回头一看，已看不见我们家附近的那些丘陵和沙坨子了。我们好像已经来到一个遥远的陌生的地方。

沉默了很长时间的古勒格这时问我："给珊丹的？"我明白他的意思，他指的是那张纸条。

"是的。"我回答。

"哈达大哥也……这珊丹真不是个好东西。"

"对。"

我们变得多么不可思议啊！明明对哈达大哥不满，嘴上却骂珊丹。究竟是什么东西在我们心里作怪呢？

"珊丹怎么成了'不是好东西'？"扎木苏荣根本不理解我们的心情，"她是好人，顶好的好人。"

"关你什么事？"我大喊。

扎木苏荣当然不会白白地让我吼他。他瞪起眼睛开始揭我的短："哈达大哥给珊丹的信，你为什么不给送？"

我心中的无名之火腾地燃烧起来了："用你管吗？混蛋！"

"你再管闲事，当心再把你脑袋当尿壶补！"古勒格恶狠狠地威胁道。

扎木苏荣更不服气了。我怀疑，他已看出了我们心中的秘密，所以故意在旁敲侧击。他笑着对我们说："哈，多好啊。原来，哈达大哥和珊丹好上了，真是多好的一对。"

"呸！"古勒格啐了一口。

没想到扎木苏荣更加放肆起来："你们二位是什么意思？啊？哈达大哥给珊丹的信，你们竟敢扣着不送。我要向哈达大哥告你们！"

我的忍耐已经到了极限，向前大跨一步，一拳打得他差点摔倒。

"你们干什么？"受到意外一击的扎木苏荣退了几步，突然领悟到了什么，"哈，不要脸！你们俩竟打珊丹的主意，想娶珊丹。哼，乳臭未干的娃娃，羞不羞？珊丹能看上你俩？人家早就跟哈达好上了……"

他的话，像一把锋利的刀，剥着我们的脸皮。话已说到这个份儿上，古勒格和我反而不知道说什么了，只是怔怔地看着他骂。

扎木苏荣越说越来劲："我再也不跟你们好了。你们不是好东西。你们是……流氓！"他头也不回地走掉了。

西斜的阳光，照着静悄悄的草原。羊群一动不动。我感到心里空荡荡的。

"他骂我们是……流氓！"我气得浑身发抖。

"哼，扎木苏荣……"

我们觉得无聊透顶。

七

一座明沙坡上，羊静静地卧着。

羊儿的倒嚼声，草丛里的虫鸣，像一曲柔和的音乐，使戈壁之夜变得更加迷人。

皓月挂在中天，像高悬的明镜，一动不动。可是当一片薄云遮住它的时候，它却急匆匆地游动起来，像是要尽快地摆脱云彩似的。最后它如愿以偿了，又挂在那儿一动不动了。

空气湿润而清新，我们的衣服被露水打湿了。

为了不让羊群跑掉，珊丹和萨仁花守在沙梁顶上，我们三个则守在坡下。看来羊群一点儿动静也没有。我们放心了，便开始玩。我们把下午的别扭忘到九霄云外去了。

我们捉迷藏，"捉特务"，闹得天翻地覆。扎木苏荣不管藏到什么地方，总是很容易被我们捉住。因为他穿着一件白衬衣，而古勒格和我都穿蓝褂子。在朦胧的月光下，我们远远地就能看见他的白衬衣。

"这不公平，咱们换衣服。"扎木苏荣在求我。

"没门儿。"

古勒格却说："扎木苏荣说得对，你们俩把衣服换了。"

"这……"我还是不太情愿。

但在古勒格的坚持下，我最后还是和扎木苏荣换了衣服。古勒格对扎木苏荣说："你到南面那个沙坨子那边站一会儿。我们藏好了再来找。"

接下来我才知道，这仅仅是古勒格将要编导的恶作剧的开头部分。

扎木苏荣向沙坨子走去以后，古勒格狡黠地笑了："让咱们治一治这小子。叫他一辈子也说不清。"他神秘地说，"今天夜里，谁穿着白衬衣，谁就是扎木苏荣。明白了吗？"

我一点儿都不明白。古勒格在我的耳朵边如此这般地说了一番，我兴奋异常地点头称是。现在回想起来，真是荒唐极了。但当时，我们正在最容易办出荒唐事的年龄啊。

我们从羊群的左边绕了过去，走到沙梁脚下，古勒格留在下边。我穿着扎木苏荣的白衬衣开始往沙梁上爬。我想到，电影里的特务正是这么爬的，不知是因为兴奋还是有点紧张，我有点心跳加快。

快爬到沙梁顶上了。我隐蔽在一丛柠条后边观察起来。离我一丈多远，有几棵沙蒿，沙蒿那边，珊丹和萨仁花紧挨在一起躺着。在月光下，看得清清楚楚，她俩合盖着一条毯子，头底下枕着书包。

我一动不动地趴在那儿。她俩却不停地说着话。

"去年夏天，有一夜，我和妈妈睡在外边。我开始数星星。我下决心，一定要数清有多少。就那么数下去……"萨仁花说。

"数清了吗？有多少？"珊丹咯咯地笑。

"没数完就做起梦来了。"

她俩又笑。

"萨仁花你看，月亮里边的小兔在捣炒米。"

"捣了多少年哪，可怜的小兔子。"

当她俩越说越起劲的时候，我已经爬到了她们的脚边，一伸手抓到了毯子的一角。我一下蹦了起来，拽着毯子向沙梁下边飞跑。

惊恐万状的两个姑娘在后边尖叫起来。我完全相信，她们已经看得清清楚楚，是一个穿白衬衣的人抢走了她们的毯子。

在我逃离现场的时候，等在下边的古勒格开始喊了起来：

"扎木苏荣，你后边拖的是什么呀？哎哟，这不是珊丹的毯子吗？你从哪儿弄来的？"

珊丹气愤的叫声又从后边传来了："扎木苏荣，你干了什么事呀！"萨仁花也在骂："扎木苏荣，臭流氓！"我跑得更快了。古勒格跟着我跑，一边喊："扎木苏荣，你站住！"

我两一口气跑到羊群的南边，真正的扎木苏荣傻愣愣地站在那里。他还问我们：

"怎么啦？出了什么事？"

"给。"我飞快地脱下了他的白衬衣给他，"快，把我的蓝褂子脱下来。"

"这个也给你。"古勒格把毯子一把塞在他手里。

扎木苏荣又把白衬衣穿上，手里抱着毯子，一边嘟哝："真是，珊丹她们怎么在骂我呢？"

两个姑娘还站在沙梁顶上骂。"扎木苏荣，还不把毯子拿来，明天我告诉你姐姐。"萨仁花的嗓子都喊哑了。

"快送去呀。"古勒格在催他。

"怎么回事儿呢……"扎木苏荣嘟哝着往沙梁上走去。

我们悄悄地跟在他后边。有好戏看了。

"扎木苏荣，你怎么学坏了？你还是个孩子呢！"珊丹气愤地斥责着他。

"半夜三更，像贼一样爬着来，抢姑娘的被子，你怎么这样下流？"萨仁花也在吼。

扎木苏荣手里拿着毯子，像一根桩子钉在那里挨骂。他根本不清楚为什么突然挨了一顿骂。

"我没抢你们的毯子。"他说。

"还撒谎。毯子不在你手里吗？而且你们三个里边，只有你一个是穿白衬衣的。"

这小子终于明白了。"啊……我上当了。你们等着，兔崽子们。"他喊了一声回头就跑。他准备找我们算账。但他找不到我们，其实我和古勒格就藏在离他们不远的沙蒿丛里。

"真不像话。"萨仁花还在骂。

"算了，睡吧。"珊丹说。两个姑娘又重新躺下了。

过了好久，珊丹长长地叹了一口气。

"珊丹，你在想什么？"

"唉，咱们这样的女孩子，要是永远长不大该多好。"

"怎么啦？"

"我们小时候，人人都疼爱我们。现在倒好，长大了，好些人欺侮我们，恨我们……"

"那些小子，没有一个好东西。"萨仁花咬牙切齿。

"还没给你说呢。今天你去了达楞太家，森格对我……"

"对那家伙可得提防着点儿，真不是个东西呢。"

"就说刚才这个事吧，叫干什么呢？其实我们有什么错？是他们来抢我们的毯子。可是要是传出去，人们还是说我们长短。"

"你和哈达不是……"

"唉……"

"我好像看见，哈达给了他们什么东西。当时我想，肯定是给你的信。怎么，他们没给你吗？"

"看样子，他们根本不想给……"

"这几个坏小子，怎么也跟你过不去了？"

"是啊，我怎么也不明白。我可一点儿也没惹他们呀。"

"哼，他们肯定受了森格的唆使。"

"不会。今天如果没有他们，森格还不知道把我怎么样了呢。可是哈达来过以后，他们几个一下子就对我冷淡了起来。"

萨仁花说："你也是，总是那么胆小。要是我呀，就直接找哈达，说：喂，小伙子，我好像有点爱上你了。"

"谁让咱们是个姑娘呢……"

一小块乌云，不知从什么地方飘来，一下子把月亮吞掉了。周围变得黑乎乎的。白天烈日晒得发烫的沙子如今已经冷却了。我们的心也冷静了下来。刚才我们究竟办了一件什么事啊。我为什么扣下哈达大哥的信？又为什么恨珊丹？我感到，珊丹原来是那么可怜，心里那么苦，我们应当同情她。

古勒格轻轻地碰了我一下。我们悄悄地退了下去。

八

太阳升起来的时候，我们把羊群赶到了咸湖附近的沙梁上。往东望去，在刚刚升起来的太阳这一边，湖水像一面巨大的镜子一样明亮闪光。我们看到，在咸湖南岸，我们几家的大人们在挖渠。

我一下子看到了哈达大哥。他就在湖边上那些人当中。只见他叉开两腿，拿着锹不停地挖土，显得那样有力。我想起了那张纸条。我到现在还没有给珊丹，真该死。

我跑去找珊丹。她在用忧伤的眼睛望着湖那边，我知道，她在看哈达。

"珊丹……姐。"我小声叫道。我好像第一次管一个姑娘叫姐姐。我产生了一种想法：她要是真是我的姐姐该多好啊。我心里热乎乎的。

"这是哈达大哥给你的。"

她脸上的忧伤一瞬间变成了激动的微笑。那个纸条，她好像等了一个世纪，几乎是从我手里抢过去的。她想马上打开看，看了看我，又装进衣袋里。她甜甜地笑着，被幸福烧红了的脸，像花儿一样美丽。"珊丹姐……"我轻轻地叫了一声。

"嗯……什么？"

"昨天夜里……不是扎木苏荣，是我。"

她轻轻地"啊"了一声，接着笑了起来："你为什么……玩笑开过了头，不好。"

"我错了。"

我刚转身，她把我叫住了："给姐姐说真话，你们是不是……恨我？"

"没有，没有。"我赶忙否认道。

"那你们……对我……究竟怎么想的？"

这真是个说不清的问题。对自己昨天以来莫名其妙的感觉和离奇古怪的做法，难道我们自己能说得清吗？经她这么一问，我的脸在发烧，心里难受得慌，也不知怎的，突然流出了眼泪。

珊丹着慌了。"哎呀，"她叫了一声，用头巾给我擦着眼泪，"你别这样啊。你们恨我也行，或者……对我怎么想都行。我不怪你们……"

"姐——"我心中的委屈、悲哀一下子像决了堤的洪水，奔涌而出。

"好弟弟！"

九

"浴"完羊，我们在沙梁上过午。太阳晒得沙子滚烫滚烫的，气温少说也在四十度以上。

那些羊实在受不了这种烤灼，就往有草的地方跑。为了把它们多晒一会儿，我们几个孩子各把一方。我的右边是古勒格，他只穿着一条短裤，又黑又瘦的身体就像一条晾干了的肉条。他拿着羊鞭，毫不客气地教训着那些企图逃跑的羊。我的左前方是珊丹，她坐在一棵柠条旁，一遍又一遍地看着哈达大哥给她的纸条。今天早晨以来，不知她看了多少遍。

我的心里特别地愉快、舒坦。自从当着珊丹的面哭了一次，我的心好像被泪水冲洗干净了，感到轻松了许多。

"喂，你来。"珊丹在叫我。

我跑了过去。她递给我一张纸条，红着脸说："求你了，替我写个信。"

"行啊。"我满口应承。珊丹只上过扫盲班，写信对她来说不那么容易。

可是她又犹豫了："要不……我自己写，你给我说。"

"我说？我怎么给你说？"

她把纸铺在腿上，一手拿着铅笔，红着脸问我："心爱的，怎么写？"

我用手指在沙地上写了"心爱的"，她照着写。还用左手挡着那张纸，怕被我看见。

"我愿意，怎么写？"

我第一次看到一个年轻姑娘被巨大的幸福所陶醉。她的双眼在不停地颤动着，胸脯在剧烈地起伏，她时而微笑，时而咬着嘴唇发呆。此时此地，她把什么都忘了。

她终于写好了信，叠起来："你给他送去，姐姐求你了。"

到了下午，微风从戈壁边缘上吹来。一团团白云飘上了天空。天更美了，像一面绣着白莲花的蓝色绸缎一样。

大人们又提前走了。哈达大哥说要到旗里买东西，一个人骑着马向北走去。他走以前，和珊丹相视一笑。

因为要回家了，我们都很高兴。羊群走得很痛快。上千只羊，头朝着一个方向，像一片白云一样移动着。古勒格和扎木苏荣逮住了一只小兔子，后来又跑掉了。他俩到处找，还互相抱怨，吵了起来。萨仁花放开嗓子不停地唱着歌。落日时分，我们看到了宿营地。

我们看到了帐篷。帐篷外边，大人们在熬茶。炊烟顺着地势一直漫下来，一个宁静的戈壁黄昏来到了。珊丹来到我们跟前，羞涩而幸福地说："我……去一下。"在我们的正北方，有一片小树林。我们看见，树林里拴着哈达大哥的马。

珊丹走进树林里，不见了。我们几个互相会意地看了一下。我们感到被别人信任的快乐。

萨仁花还在唱。她突然对我们说："你们三个小子听着。珊丹是和哈达幽会去了。对谁都不能说，要绝对保密。你们如果乱讲，看我剥你们的皮。"

"我们知道。还用你说吗？"古勒格不服气地说。

"珊丹姐的那封信还是我送的呢。"我骄傲地宣布。

"嘻嘻，萨仁花，你将来要是跟谁约会，告诉我们一声，我们替你站岗。"扎木苏荣笑着说。这个笨蛋，有时说出话来也蛮有意思的。

"是吗？那时候就劳驾你们了。先表示感谢。"萨仁话说完，又开始唱歌。

我们警惕地望着小树林的四周。要是有人向小树林走去，我们一定想办法拦住。

十

又是这个该死的森格。

他肯定一直在等着珊丹。看见了羊群，他突然冒了出来。

"喂，萨仁花，珊丹哪儿去了？"他问。

萨仁花看都不看他一眼，打着口哨。

森格无可奈何地笑了笑，问我们："好弟弟们，告诉大哥，珊丹在哪里？"这混蛋，态度比昨天好多了。但我们不会上他的当。

"我们放羊不放人，谁知哪里去了？"古勒格狠狠地顶了一句。

"什么？小王八蛋！"他举起鞭子。

"珊丹留下了。"我说。

"留在哪儿了？"森格转过头来问扎木苏荣。他看出了扎木苏荣比我们老实。

"留在湖边上。"扎木苏荣困难地回答。

"不许撒谎。"

"真的。她……突然头疼，就留在湖边上一家人家那里。"扎木苏荣说。

哈，扎木苏荣，我们的好兄弟！谁说你笨呢？在这森格面前，你也是一条好汉。

森格骑着马，朝着和我们相反的方向驰去。哼，等你到湖边，也就后半夜了。白跑一趟吧，祝你一路平安！

"嗬，你们还真可以，像男子汉！将来，姑娘们一定会爱上你们的。那时候，我替你们站岗。"萨仁花说。

听了她的话，我们心里甜滋滋的。接着，我们和萨仁花一起唱了起来。我们的歌声，在黄昏的戈壁上荡漾着，飞向很远很远的地方。我们相信，哈达大哥，还有珊丹，一定听到了我们的歌声。

我突然觉得自己长大了。乡下的孩子，大概就是这样突然长成大人的。

我们还在唱。月亮升起来了。戈壁的月亮，是那样大，那样红……

原载《民族文学》1988 年第 1 期

译于 2022 年

藏　锁

吉·清河乐　著

照日格图　译

吉·清河乐

1973年生人，本名青格勒，蒙古族，内蒙古赤峰市翁牛特旗人。2009年毕业于鲁迅文学院第十届全国中青年作家高级研讨班。2009.10—2012.7深造于内蒙古自治区文学创作研究班。中国作家协会会员。2015年获得赤峰市第一届"百柳"文学奖。2017年获"花的原野"文学那达慕小说一等奖，同年获《民族文学》杂志年度奖，先后两次获内蒙古自治区文学创作"索龙嘎"奖。

照日格图

生于上世纪八十年代。中国作家协会会员，内蒙古翻译家协会副主席。《内蒙古青年》主编。自2000年开始发表作品，已发表蒙汉文原创作品及翻译作品四百余万字，汉译出版《月光曲》《城市故事》等八部，蒙译出版《莫言短篇小说集》等十余部作品。翻译作品见《世界文学》《译林》《外国文艺》《民族文学》等报刊。部分翻译作品获内蒙古自治区文学创作"索龙嘎"奖、《民族文学》杂志年度翻译奖、《世界文学译丛》杂志年度翻译奖等。

宝热公社只有一条路。小路把公社一分为二。宝热公社虽然只有一条路，但有两个铁匠铺，分别在路南和路北。路北那家是达尔罕①阿爸的，路南那家是张铁匠的。

　　达尔罕阿爸不叫达尔罕，因为从他往上数家里几辈子人都和铁打交道，大家都那么叫他们。也不管他们年轻或年老，公社里的人一律都叫他达尔罕阿爸。公社里的人，也不管达尔罕阿爸技术怎样，需要修补的铁锅铁盆、菜刀钐刀只管拿给他修。

　　后来，达尔罕阿爸就不修带刃的东西了。达尔罕阿爸不接这种活儿，是有原因的，因为张铁匠来了。

　　张铁匠来宝热公社时两手空空。他去找达尔罕阿爸时却没空着手去。那天早上，达尔罕阿爸的早茶刚喝一口时，进来一个约莫三十岁的矮胖男人。他便是张铁匠。

　　张铁匠说明来意后，达尔罕阿爸沉默了许久。

　　沉默许久后，他说："既然你尊重我这个同行，那我肯定不能说不。再说你孩子多，日子不好过，但我有一个条件。"

　　"行，行，别说是一个，三个也行啊。"张铁匠俯身低语道。

---

① 达尔罕：蒙古语，即匠人，铁匠、银匠、木匠等。

"呵呵,既然你说三个也行,那我就每年用三把藏锁跟你打赌。如果你能给三把藏锁锻打出钥匙,我就允许你在公社里开一年铁匠铺。三把藏锁你留下来作为证据,以后带刃的东西都归你。如果被其中的任何一把难住,请你挪个地方。"

"行,行,给达尔罕阿爸磕头致谢。"说毕,张铁匠给达尔罕阿爸磕了三个响头。

蒙古人善良,看到困难的人不会说个"不"字,可谁不知道达尔罕阿爸几辈子都是打藏锁的高手呢?

几天后,达尔罕阿爸给了张铁匠三把新打的藏锁。张铁匠提着藏锁回家,二十天没出门。二十天没出门的张铁匠,在第二十一天提着三把藏锁去达尔罕阿爸家,拿出钥匙逐一开了锁。

就这样,张铁匠在宝热公社住了下来。但是苏木里的牧民都不爱去张铁匠那里,依然拿着菜刀钐刀找达尔罕阿爸修。达尔罕阿爸不接活儿,让他们去找张铁匠。这样过了几年,也就是说,张铁匠一连开了几年达尔罕阿爸的藏锁,每开一次,他的打铁水平就上一个层次。

一到秋天,张铁匠就忙活起来了。铁匠铺门口的人总是络绎不绝。原来达尔罕阿爸打的钐刀用好几年都没事,可这张铁匠打的钐刀,一两年都撑不下来。

岁月如梭。宝热公社里依然只有一条路,沿路依然只有两家铁匠铺。张铁匠来宝热公社送走了第十年,即将迎来第十一年。张铁匠那里发生了许多变化。刚来时衣衫褴褛的三个闺女,如今都长成了亭亭玉立的美人,谁都愿意多看一眼。第四个孩子,出生在宝热公社,和他的父亲像是一个模子里刻出来的。大家都说,有了儿子,张铁匠可能哪儿也不去了。达尔罕阿爸听后笑了笑。

不善言辞的达尔罕阿爸,听说张铁匠的闺女要嫁给本地人,便皱起了眉头。他在家里叮叮当当鼓捣了好几天，有一天去找张铁匠。

"你来我们公社几年了？"

"托达尔罕阿爸的福，十年了。"

"那年你老婆还挺着个大肚子，我就让你暂时留下来。我可没说让你在这里定居呀，你现在得离开这里。以前的那三十把藏锁都给你，它能让你好好活下去。现在你的手艺好了，日子也好了，我也对得起你。"

"我们的赌，还没打完呢！"张铁匠奸笑道。

达尔罕阿爸平静地说："这个，我还记着呢。我向来说话算数。治你不用三把锁，一把就够。"说毕，他扔下一把重达四十斤的大锁，径自回去了。

没过多久，张铁匠带着老婆和亭亭玉立的三个女儿，跟他一模一样的儿子走了。

我在市博物馆上班，因为工作关系，认识了满仓。那时候，老婆正看一部叫《满仓进城》的电视剧入迷。但我认识的满仓，是从城里进村的人。他告诉我，他的爷爷辈就在城里生活，可见他和电视剧里的满仓没关系。

看到满仓，我突然想起了达尔罕阿爸。我想到达尔罕阿爸时，宝热公社早已改名为宝热苏木。在我印象里，达尔罕阿爸长着四方黑脸，满脸络腮胡，像《水浒传》里的李逵。

长得像李逵的达尔罕阿爸，是我们村里的。我不知道我们村离山东梁山有几千里，但我知道宝热苏木离我们村只有几里地。当年我们那里会打铁的人很少。但再少，总还是有一两个，达尔罕阿爸就是那一两人中的一个。当时达尔罕阿爸铁了心，要把父辈的手艺传下去。他在苏木上开了个铁匠铺，留下妻儿在村里放牧。我早就想写一篇关于达尔罕阿爸的小说，但不知道他和张铁匠的故事细节，写小说的事，就一直拖到了现在。达尔罕阿爸到底用什么样的藏锁难住了张铁匠？只有张铁匠一个人见过那把藏锁。认识满仓后，我终于有了揭开谜底的机会。

我认识的满仓，他姓张。他这个姓，不得不让人想起张铁匠。

满仓果然和张铁匠有关系。他是张铁匠的孙子。我不知道，张铁匠的孙子满仓，和他父亲是不是也像是从一个模子里刻出来的一样。我只知道他是一个约莫三十岁的矮胖子，自己经营着一家小博物馆或者陈列室。我们在一次文物展上认识的。他的工作也和文物有关。他的私人博物馆，主要收藏老式锁具。博物馆是他爷爷创办的，如今他们早已赚了个盆满钵满。

我从小就叫他胡子阿爸，胡子阿爸是达尔罕阿爸的儿子。按照村里的规矩，我们也应该叫他达尔罕阿爸，但胡子阿爸对打铁一窍不通，所以我们无法叫他达尔罕阿爸。达尔罕阿爸说，我们几辈人都打铁，方便了许多父老乡亲，但现在时代不一样了，得读书学文化才能有出息，才能光宗耀祖。达尔罕阿爸的话是有道理的，但没能在胡子阿爸的身上得到实现。胡子阿爸和他的阿爸一样，只适合在乡下生活。初中一毕业，尽管他的父亲打得他皮开肉绽，但胡子阿爸就是不去上学。就这样，传了几辈人的打铁手艺，到胡子阿爸这辈就失传了。

现在，胡子阿爸正在请我吃饭。他不是请我一个人吃饭，饭桌上还有满仓。我昨天坐满仓的小汽车回村，过来看胡子阿爸。看望嘛，自然是随手提了些烟酒、点心和牛奶。当然，这些都是满仓掏的钱。满仓求我办事，掏钱也理所当然。

如果想知道满仓找我办什么事，话还得倒回去说。一倒，就倒到了满仓的奶奶那里。我们都知道，这个老太太在几十年前踏进宝热公社时，还怀着孩子。当时的孕妇，现在在城里享了福，只是她的老头子很早因脑溢血去世了。现在她除了偶尔怀念一下老头子，在家里无事可做。无事可做的老太太有一天突然想起了老头子生前嘱咐她的一句话，赶紧叫儿子过来，儿子又叫来儿子，也就是满仓，给他下了个硬任务。

接到任务的满仓，第一个来找的人就是我。他知道我是宝热苏木的。来找我的满仓说如果能搞定那把藏锁，就给我两万元的好处费，这可把我乐坏了。从乡下老头子手里搞定一把锈迹斑斑的锁，还不是易如反掌之事？没想到胡子阿爸的头摇得像拨浪鼓，根本不出手。

他拉下脸说："这是父亲留给我的唯一念想。张铁匠走的时候就跟父亲说，他早晚会带走这把藏锁。父亲嘱咐我，这把锁无论如何都不能给他们。父亲还告诉我，这是他老人家身为本地土著的铁证。"

"嘻，胡子阿爸！人都不在了，它不就是一块生铁吗？念起达尔罕阿爸当年的恩情，满仓说要出五万。如果是别人，一分都不会给你。"我被那两万元迷住了心，哪里肯轻易放弃？

"不行，不行，再提及这件事，你们就把礼品提回去。"

我觉得这事得慢慢来才行。不过我也挺想看看是什么样的锁难住了当年的张铁匠。我说："行，行。不卖就不卖，看一眼总可以吧？"

"不行，父亲说谁也不能给看。"胡子阿爸说毕，转身对忙着招呼我们的儿子吼道："送客！"

胡子阿爸的儿子，跟他爸爸像是一个模子里刻出来的，今年约莫三十岁。我朝满仓使了个眼色，对出来送我们的胡子阿爸的儿子说："晚上去我家吧，聊聊家乡的事。"

晚上，胡子阿爸的儿子真过来了。按照我和满仓说好的那样，我们拿出好酒好菜招待他。在我们的频频敬酒中，没一会儿胡子阿爸的儿子就喝高了。

我不知道那天晚上胡子阿爸的儿子是真醉还是装醉。我只知道，他在临走前，用力地握住我的手，还上下甩了几下。我同样不知道，他是因为喝醉了，还是因为激动才做出上述举动。临走时，他在我肩上用力拍了两下，嘴里嘟嚷着什么，摇摇晃晃地回去了。

第二天夜里，我和满仓把四十斤重的藏锁装上车，一溜烟儿地进城去了。

原本说好的三把锁，怎么只用一把锁就难住了张铁匠？另外两把藏锁哪儿去了？你们可知道那把藏锁是什么样的？它呀，根本就没有钥匙孔，几乎是一块生铁疙瘩。

原载《花的原野》2017 年第 12 期

译于 2021 年 10 月

哈达图山

陈萨日娜 著

陈萨日娜 译

陈萨日娜

内蒙古翻译家协会副主席。中国作家协会会员，鲁迅文学院第三十四届中青年作家高级研讨班学员。先后在《草原》《花的原野》《民族文学》《青年文学》《上海文学》等杂志上发表多篇蒙汉语中短篇小说。有文学作品荣获"朵日纳文学奖"等各级奖项。中短篇小说集《放生》入选 2022 年度《中国少数民族文学之星》丛书。

早上醒来的时候，萨姆嘎老人发现脖子落枕了。她吃完早饭，僵直着脖子来厨房，找到了擀面杖。她右手拿住擀面杖，用左手顶住右手吃力地送到了脖颈，艰难地滚动了几下擀面杖。不一会儿，手像灌了铅似的怎么也动弹不了，还酸痛得要命。这样凑够一百个数对老人来说简直是莫大的折磨。老人索性扔掉擀面杖，僵直着脖子走回卧室，从褥子底下拿出了一个光滑的深紫色火罐。

　　"医疗条件好了，我们俩被扔到这里了，不然在以前我们给多少人行过好事啊，那时候拔火罐我可是最有名的……"萨姆嘎老人自言自语着，开始寻找废纸。她来到儿媳的房间，从炕头的桌子上找到了一张印有汉字的 A4 纸。老人划燃了火柴突然想道："可别烧掉了有用的纸！"她拿着那张纸来到孙子呼格吉乐的房间。

　　"跟我们是没什么关系，但是跟额么格①您关系就大了，现在社会条件好了，福利也高了。您能在升天后坐着专车，轰轰烈烈地上路了。"呼格吉乐看完那张纸若无其事地说。

---

① 额么格：蒙语，意为"奶奶"。

"这张纸到底有没有用？我还忙着拔火罐呢。这孩子看了半天净说一些乱七八糟的话。"

"好吧！我念给您听！您可听好了！从八月二十五号开始统一火化逝者的尸体……"

萨姆嘎老人突然间失去了听觉般伸着僵硬的脖子，把耳朵凑上去，眼睛直勾勾地盯着孙子，嘴巴不停地嚅动着却始终没有吐出一个字。她用麻雀爪子般干枯无力的手死死地抓住身边的椅靠，但还是觉得无法支撑自己干柴般枯瘦的身体。她哆嗦着挪动脚步，摸索到了墙。靠着墙歇息片刻后，老人扶着墙，来到了自己的房间。她像一头劳累的牛一样粗喘着，艰难地爬上炕，靠着行李躺下。交叉在臀下的两只手不停地发抖。

萨姆嘎老人精神恍惚地躺了好一阵后突然像阴天里迷失方向的人看到了阳光般眼前一亮，忽地坐了起来。她顾不上穿鞋，用袜子噔噔噔地踩着地，径直来到了屋西北角的佛像面前。她抖动着手拿了一炷香。虽然手头有火柴，但是老人没有用，因为她忌讳用火柴点燃卫生香。她在火盆的火上点着了那炷卫生香，小心翼翼地插在香炉里的余烬上。老人双手举过头，虔诚地祈祷着磕了几个头后，拉开佛像下面的抽屉，小心翼翼地拿出了一个用天蓝色哈达包成的包裹。她将其轻轻地举在头顶走向了炕。

萨姆嘎老人像一个害羞的小伙子脱掉心爱的姑娘的衣服般犹豫了片刻后轻轻地掀开了蓝色的哈达。首先现出了一串深紫色的佛珠。老人怕有谁要抢走一般嗖地抓起它，戴在脖子上。接着出现了一个天蓝色包装的硬皮本子。看到这本子，老人的手又开始剧烈地颤抖起来。这是他们家的《家谱》。这本子里有巴力吉老人的列祖列宗；有他们这个家族所有人的名字以及有关故事。但是自从巴力吉去世后没有人再记载过……

萨姆嘎老人皱着眉头思索片刻后小心地捧着《家谱》，重新走进了孙子的房间。

呼格吉乐钻进电脑屏幕，专心致志地"斗地主"。

"孩子，帮额么格写这个吧。"萨姆嘎老人站在门边说。

"……"钻进电脑屏幕的孙子久久没有回应。

"我的好孩子啊，帮额么格写一下这个。"老人提高声音重复了刚才的话。

"什么？"呼格吉乐紧盯着电脑屏幕不耐烦地问。

"你过来。额么格教你怎么写。"呼格吉乐很不服气地瞥了一眼额么格，愤愤不平地说："斗大的字母都不认识几个，您能教我写什么呀？这就像我斗地主输了一样感觉奇怪。您就放那儿吧，我正忙着呢，以后再看。"说完又钻进了电脑屏幕。

萨姆嘎老人看着孙子的后脑勺，一时不知如何是好。站在门旁徘徊一会儿后，她用衣袖擦净门旁的桌面，把书放好，一步一回头地走回了自己的房间。

炉子里封火的牛粪突然像复活了一样呼呼地燃烧起来。萨姆嘎老人看着熊熊燃烧的火焰，感到脊骨冒冷汗，脸色变得苍白不堪。

一种难以言表的恐惧、无助和悲伤像一块石头般堵在老人的胸口，使她难以呼吸。她渴望找一个人痛痛快快地诉说一番。可是就连那只老灰猫也似乎厌倦了她的自言自语，不时眯起眼睛偷偷地看一下老人又假装成困睡的样子。

其实打心里她深深热爱并深深眷恋着这个阳光明媚的世界。可是她在念佛珠时竟然衷心地祈祷自己能在八月二十五日前到达那个平时令她毛骨悚然的寂静的世界。老人始终放不下的是《家谱》和开过光的佛像。

最先察觉到老人变化的人是儿媳吉姆斯。

平时萨姆嘎老人自己吃完饭就忙活着收拾桌子。今天老人却草草地喝几口早茶就推开碗筷，靠着叠放的被褥闭目养神了。吉姆斯质疑地看了一眼萨姆嘎老人。阿古拉阴沉着脸，不断往嘴里塞玉米饽饽，粗黑的胡子楂像一片没锄好的地。吉姆斯看了一眼阿古拉，手往呼格吉乐的碗里夹了大块的肉。

阿古拉的手机突然传出尖锐的女高音。一家三口的眼睛立刻集中在那个声源上。阿古拉从衣兜掏出手机懒散地"喂"了一声，脸色更加阴沉下来。他用手捂住手机听筒，将对方的声音圈在掌心里，胡乱地应着："知道了，知道了，我马上过去！"放下手机，阿古拉一边嚼着嘴里的食物，一边从衣兜里拿出香烟塞进嘴里，点上后，出去启动了夏利车。

"又要去哪儿？"坐在一旁像防贼一样探听手机那边声音的吉姆斯亮开了狭窄的嗓子。

"今天嘎查里开会。"阿古拉的声音被夏利车青色的尾气给缠住了。

"是嘎查的会议还是嘎日布的海棠？你给我说清楚。"当吉姆斯红着眼睛，抖动着浑身的赘肉从屋里跑出来的时候，阿古拉的车已经开出院子，绕上了村中的土路。吉姆斯望着夏利车扬起的尘土，咬着牙关，在原地狠狠地跺了跺脚。

呼格吉乐头朝天，一个劲儿地往嘴里塞饭。筷子像打鼓一样叮咚响。他一口气塞完饭，把饭碗"啪"地放在桌子，又将筷子"当"地放在碗上，转身用食指顶了一下压在鼻梁上的眼镜，笨拙地挪动着肥胖的身体走进了自己的房间。碗筷的碰撞声刺痛了萨姆嘎老人的耳根子，也刺痛了老人的心脏。她想对孙子说点什么，但是皱紧眉头，强咽了下去。

"又要玩电脑啊？你就不能看看书写写作业吗？你阿爸整天不着家，像公鸡一样混在婆娘群中。你倒好，整天钻进电脑里。你看你那身材，前面抱一个大球，后边背一个大锅……"

"啪——"呼格吉乐的房间门关上了。吉姆斯尖锐的声音被急促地关在门外后反射到萨姆嘎老人的耳边时像有千万只蜜蜂飞过。

"叮铃铃——"电话铃声嚣张地响起来。吉姆斯放下筷子，走向电话机。电话屏幕上的号码立刻给吉姆斯拉长的脸镀上了一层阳光。

"喂——现在吗……都有谁……缺一个……好的，好的，我马上过去。"吉姆斯放下电话匆匆忙忙走进了自己的房间。她那像腌菜的大缸般粗大的上身、从大腿往下突然细下来的小腿，怎么看都像放大了的陀螺。几分钟后头发鲜亮、皮鞋光亮的吉姆斯从自己的卧室出来，转瞬消失在外屋的门外。从衣服上遗落的廉价香水刺鼻的香味在屋里猖狂了一阵后慢慢消失。

突然的安静几乎要压垮整间屋子。萨姆嘎老人眯起眼睛看了看，桌面像吃完西瓜没擦嘴脸的小孩的脸。她终于忍不住，开始收拾桌子。

猪圈里的两头肥猪像声乐组合般用一粗一细的声音高低附和着。萨姆嘎老人拌好了猪食，吃力地抬起猪食桶。猪食桶慢慢地向上移动，老人的背却像被烂泥压弯了的土房的梁柱般沉了下去，脚不由自主地跟跄了几下。

"这该死的老巫婆，连一桶猪食都扛不动了？"她自言自语着吃力地挪了几步。两只燕子从头顶上叽叽喳喳飞过，似乎在嘲笑老人的无能。

"用钢铁做的机器都会生锈损坏，何况我这个经历八十年风雨的血肉之躯，时过境迁也是应该的。"萨姆嘎老人为自己辩解的同时用眼角不服气地瞟了一眼院子角落里的破四轮车。她放下猪食桶直了直背。老人看见仓房窗户的一块玻璃被打碎了。

"是被风吹破了吗？"老人自言自语着挪向那里。

阳光从玻璃的破碎处挤进屋子，挑起里面的灰尘，舞动在自己的光圈里。那些经不住挑拨的细尘，拥挤着、舞动着，最后落在屋角那深紫色的松树棺材上停留歇息。

一看到棺材，老人微弱的心脏突然猛地抽动了一下。不知是由于疼痛还是因为激动，老人的眼圈红了。十年前她患了重病，眼看就要面见阎王爷时老伴巴力吉为她准备了这个棺材。那时候萨姆嘎老人非常害怕那些冷清着脸向她伸手的阎王爷派来的使者。可是就在做好她棺材的那天，身体好好的巴力吉老人突发心肌梗塞，跟着那些阎王使者走了。萨姆嘎老人则奇迹般地好了。所以每次看到这个棺材她都做贼般地心虚，心也会撕裂般地疼痛。她觉得老伴巴力吉草草地离开这美好的世界都是因为她。可是今天她突然觉得老伴的早走是一件幸福的事情。她赶紧从房里退出来，迈开脚步走向西边的打谷场。

为了方便农作物的晾晒，打谷场的位置总是比别的地段高一些。萨姆嘎老人站到打谷场的镜面就能看到哈达图山。每当她望着哈达图山，望着老伴的坟墓倾诉出内心的孤独寂寞时，心中的苦闷和委屈就会烟消云散。

因为走得太快，萨姆嘎老人像肺结核患者一样粗喘。她站定在打谷场正中间，眯起眼睛望向哈达图山。

哈达图山在霭气中巍然耸立着。山脚下有巴力吉家族的坟地。巴力吉老人已故的长辈都会到那里团聚。因为那里的玛尼木头一个也没有死，个个都会长成参天大树守护坟墓，所以村里的老人都惊叹哈达图山是个风水宝地。在村里人的心目中，只要玛尼木头能活下来，子孙后代就会代代幸福繁荣。

萨姆嘎老人嫁到巴力吉家的那天起就知道，会有一天到哈达图山定居。如今子孙满堂，她可以光荣地到哈达图山面见众多长辈了。

院门响起，吉姆斯拉长着肥胖的脸走进来。赶不上麻将桌对麻将迷来说应该是不小的打击吧。有时候会影响一天的情绪，看什么都不顺眼。"刚刚还说三缺一，这么快人就齐了，我再快一点就好了。她也真是的，不能给我占个位子吗？"吉姆斯抱怨起给她打电话的好姐妹。

柳条编的大篮子拦截在吉姆斯前面。她提脚踢飞了那个篮子。吉姆斯突然想起自己穿的是新皮鞋，心疼得要死。她赶紧弯下身心疼地摸了摸新皮鞋。笨重的上身冷不丁地弯下来，使吉姆斯的头撑得像要裂开，呼吸也跟着急促起来。她只好站起来，习惯性地用手指理了理羔羊毛般卷曲的头发。望向打谷场时，她看见了萨姆嘎老人。

"这个老巫婆，整天望着她老伴的坟墓，儿子整天绕着海棠，孙子就知道玩电脑，只有我在这个家里充当一个奴隶。"吉姆斯愤怒地想着。

掉了毛的老母鸡，邋遢着裸露的翅膀，不紧不慢地走向打谷场中晾晒的玉米。吉姆斯从窗台上拿起拳头大的笤帚瞄准大母鸡扔了出去。

"咕嘎——咕嘎——"遭到突然袭击的老母鸡惊叫着，拍着笨拙的翅膀逃跑了。萨姆嘎老人也吓了一跳，急忙转身。

灶台上乱七八糟地堆着早上收过来的碗筷。没吃上饭的大灰猫一听到开门声就嗖地跳起来，翘起尾巴，讨好地看着吉姆斯，喉咙里发出呼噜呼噜声。看到吉姆斯没有喂饱它的意思，大灰猫索性跑过去用脑袋蹭吉姆斯的腿。

"去！脏死了。"吉姆斯噘着嘴，白着眼睛看了一眼，将大灰猫踢出了门外。

"老不死的，阎王爷都不愿带你走，整天就知道望那几个坟墓……"吉姆斯瞥一眼推门进来的萨姆嘎老人,嘴里嘀咕着,一边拿出大盆子,将碗筷乒乒乓乓地放了进去。

两只肥猪拼命地叫着,一声比一声高。

"叫,叫,叫!看我宰你的时候不多捅你几刀。该死的东西,就知道吃,撑死你。"吉姆斯从萨姆嘎老人歇脚的地方找到猪食桶轻松地举起来倒给肥猪。

萨姆嘎老人进屋才想起还没有刷碗:"唉!我这脑瓜子,不知想什么呢,碗都忘了刷。"老人自责着把手伸进盆里,一股彻骨的凉意遍布了老人的全身。

"我自己洗吧,这儿有一个奴隶呢。"吉姆斯说着用臀部顶走了老人。在狭窄的厨房里只有吉姆斯的臀部像个庞大的肉球一般不停地晃动着。被挤出来的萨姆嘎老人搓着滴水的手像当年被婆婆训斥的时候那样久久地站着,最后瘸着腿走向了猪食桶。

"猪已经喂过了。像要死了一样叫着,烦死人,我是听不下去。"

萨姆嘎什么也没说,蹑手蹑脚地走进了孙子呼格吉乐的房间。

呼格吉乐赤着脚盘腿坐在电脑前打游戏。"李宁"牌运动裤胡乱地扔在床上,地上的袜子散发出阵阵脚气味。

"呼格吉乐,我的好孩子,家谱你接着写了吗?"萨姆嘎老人俯下身,用手支着膝盖,捡起地上的臭袜子。

呼格吉乐头也没回。厚厚的眼镜片后面的小眼睛在电脑屏幕前显得格外亮堂。随着屏幕的变动他的后背、臀部没有节奏地摆动着。

"呼格吉乐,额么格跟你说话呢。"萨姆嘎老人抬高了声音,走到孙子的身边。

"哎呀,烦不烦?"呼格吉乐的手指轻快地跳动在键盘上,嘴里蹦出不耐烦的抱怨。

老人无奈地摇摇头，嘴里嘀咕着走回自己的房间。她盘腿坐在炕上，没多久又溜下了炕。

　　无论如何要尽快写好《家谱》。她一定要亲眼看着《家谱》写完，才放心地去找老伴，不然她没有勇气和脸面去见巴力吉老人的众多前辈。

　　她趿拉着鞋一瘸一拐地走着，再一次打开了孙子的房门。呼格吉乐的坐姿没有变化，但是情绪更加激烈了。他忽而拍一下膝盖，忽而破口大骂，应该是跟电脑屏幕里的东西说话。

　　"这孩子不会一气之下摔碎了电脑吧？"萨姆嘎老人有些担心，她走进屋里轻轻地拍了拍呼格吉乐的肩膀。

　　呼格吉乐急转转椅，向额么格紧皱了眉头："额么格，你到底有什么事儿？刚刚说了一大堆没用的话分散我的注意力，害我输掉了一场游戏。"

　　"那个家谱你写完了吗？其实也用不了多长时间……"萨姆嘎老人低声下气地说。

　　"没写呢。"呼格吉乐用鼻子哼哼着。

　　"没写？"

　　"有什么可写的呀？"额么格惊讶的表情让呼格吉乐很反感。

　　"不是，那可是代代流传下来的东西。这个家族在你曾祖父的时候还是很风光的家族呢……"呼格吉乐像看一部闹剧一样看着额么格："多大的家族啊？又不是书香门第，更不是皇亲国戚，根本就不值一提，写什么呀？丢死人。"他说完急转转椅，点击鼠标，继续了游戏。创造了这么神奇、这么具有吸引力的电子游戏的人都没有记上自己的真实姓名呢。什么家族？没有半点可炫耀之处的人还写什么家谱呢？呼格吉乐感到可笑又可气。

　　萨姆嘎老人伸着脖子，考虑了一会儿才听懂了孙子这句话的意思。她慢慢地低下了头。她感到眼前一片昏暗。她用舌头舔了舔干枯的嘴唇吃力地说："那么……我的《家谱》在哪儿？"

"这儿。"呼格吉乐弹走了扔在上面的苹果心。萨姆嘎老人从门旁快步走过去，看到了满脸灰斑的《家谱》。她轻轻地拿起那用天蓝色的绸缎精心包装的《家谱》，小心地用衣袖轻拭着，手不停地发抖。

阿古拉下了车。在煤矿里被困了几天似的黑褐色的脸显得阴沉吓人。

吉姆斯一看到阿古拉阴沉的脸，赶忙从萨姆嘎老人的手里夺走了拌猪食的棍子，大声说："额吉，我做吧，你回屋歇着吧。别干这种粗活。"然后满脸堆着微笑出去迎接她的男人。阿古拉悲伤的目光越过吉姆斯的肩膀，停在了从厨房里走出来的额吉的身上。萨姆嘎老人用渴望得到礼物的孩子的眼神看了看儿子。她希望儿子能给她带来好消息。阿古拉心虚地躲开了老人的视线，但是内心突然感到不安，额吉的眼神很奇怪。阿古拉用严厉的目光看了一眼吉姆斯，但是吉姆斯的脸上没有婆媳战争的痕迹。阿古拉的心更加不安了："额吉不会是听到了什么吧？不会呀……"阿古拉摸不着头脑，于是摇了摇头厉声问身边的吉姆斯："呼格吉乐呢？"

吉姆斯瞥一眼呼格吉乐的房间尖声叫道："呼格吉乐，快出来。"呼格吉乐的屋里没有任何反应，倒是困睡在墙角的看门狗无力地"汪汪"叫了两声，又重新躺下闭上了眼。

阿古拉没再说什么，径直走进卧室，鞋都没脱就上炕靠着被褥躺下。

"别让额吉到处串门了。"阿古拉无神地盯着屋顶说。

吉姆斯看着阿古拉的脸色，又不安地瞥了一眼儿子的房间。

阿古拉没再说话，点起烟开始沉思。他了解额吉的脾气。自从十五岁踏进这个家门的那一刻,她就咬定生是这家的人,死是这家的鬼。自从阿爸去世后她孤独一人尽心尽力地照看着孙子、曾孙子。没有一个人愿意听她唠叨,所以她习惯了自言自语;没有人能理解她的内心,所以她更加思念着老伴。阿古拉的眼前再次出现萨姆嘎老人刚才的眼神。阿古拉歪着脑袋深深地吸了一口烟。烟圈在他的头顶上盘旋蔓延。阿古拉的眼睛无神地盯着屋顶,不一会儿便轻声地打起了鼾。

吉姆斯像猫一样轻手轻脚地走出屋,关好房门来到了儿子的房间。呼格吉乐仍然坐在电脑前。由于戴着耳机根本就没有听到刚刚吉姆斯尖锐的喊叫声。屋里很安静,呼格吉乐的肩膀有节奏地摆动着。脸上充满了阳光,神情十分地满足。不难看出他的世界是喧嚣的、精彩的。

"嘀嘀——"QQ 闪动。

"跟女孩接过吻吗?"呼格吉乐看到网友的这个问题,扑哧笑出了声,然后十指轻快又熟练地飞舞起来:"正在计划中。"

"乳臭未干的小屁孩还说什么接吻女孩的事儿?"站到身后的吉姆斯大叫着夺走了呼格吉乐的耳机。

呼格吉乐吓一跳,从转椅上跳了起来。

"赶紧关掉电脑然后做作业。你阿爸回来了,小心扒了你的皮。"吉姆斯说第二句的时候压低了声音,用食指戳呼格吉乐的额头。吉姆斯训完儿子,开始环视屋内。唠叨就像水流一样滔滔不绝地流出来:"这房间乱得跟猪窝似的,这衣服鞋子到处乱放,这……"她边说边弯腰捡着扔了满地的脏衣服。

"阿爸在做什么呢?"呼格吉乐也压低声音问,退出了游戏。

"已经睡着了。很疲劳的样子。"吉姆斯把不能向阿古拉发泄的怨气泼向儿子。不过对呼格吉乐来说额吉的唠叨没有任何意义,跟他也没有任何关系。只有"已经睡着了"几个字使他容光焕发心情愉快。他重新回到了电脑游戏中。

"喂！怎么又坐回去了？赶紧做作业。小心我让你阿爸扒了你的皮。"吉姆斯又压低声音说着，抱着一大堆脏衣服走到洗漱间塞进了洗衣机里。

萨姆嘎老人又开始摆弄那本《家谱》。她先洗手，用干净的白毛巾擦干，然后从火盆里取出火，在家谱上面左右净了三次。老人的嘴唇嚅动着，不知在轻声叨咕着什么。净完后她放下火，用干净的湿毛巾在《家谱》上面轻轻地拭擦着。不知是老人的泪水还是口水冷不丁地滴在《家谱》上。老人吓了一跳。她像做贼般慌张地左右环顾了一下，赶紧擦干举过头顶。

阿古拉无力地顶着粗黑的眉毛，来到老人身边。萨姆嘎老人黯淡的眼睛突然点着了一根火柴一样亮了一下。她轻快地动起来，从佛像下面的抽屉里重新拿出了《家谱》。阿古拉用疲惫的眼神看了一眼老人手上的东西，眉毛不由得紧皱起来："你怎么又把它拿出来了？"

"趁我还活着，把家谱写好了吧，那样的话额吉死而无憾了。"老人的嗓子有点哽咽。

"急什么？您还这么硬朗，您会长命百岁的。"虽然阿古拉的嗓子也在颤抖，但是他却装出一副无所谓的样子。他从怀里掏出烟盒抽出一根衔在嘴里。

烟雾把小屋弄成了硝烟弥漫的战场。阿古拉脚下的那些烟头个个像没打着目标的子弹。忽暗忽亮的烟火在主人的亲吻下动情燃烧着，最终化成灰轻轻落地。

"昨晚我辗转反侧就是睡不着，鸡鸣的时候眯了一会儿却做梦了，梦见我跟你阿爸在新婚，而且还有了一个孩子。这不知羞耻的老东西。"萨姆嘎老人露出没有牙齿的牙龈孩子般天真地笑起来。

"孩子们都过得很好。也有了传宗接代的人。额吉没有别的要求，只想早日见到你阿爸。他在那里也肯定孤单，没有一个好好说话的人……"阿古拉深深地吸了一口烟，把烟头狠狠地踩灭，然后拿着《家谱》走出了房间。

阿古拉早上接到一个电话后，阴沉着脸开着夏利车匆忙地走了。吉姆斯打麻将去了。呼格吉乐说是赴朋友的生日宴会，从阿爸那儿要了三百元走了。萨姆嘎看着呼格吉乐揣三百元大摇大摆地走出屋，眼睛都大了。一个十来岁的孩子赴什么生日宴？随什么礼？老人搞不懂。所以也没敢说什么。

屋里一片死静。这种安静使萨姆嘎老人坐立不安。她放下佛珠，疾步走出了屋子。

几只鸽子落在房顶上咕咕叫着。老人扶着墙无力地挪动着脚步。她又看到了桑森房子的碎玻璃，于是慢慢地朝那个方向走去。木门被推得吱吱嘎嘎地响。兴奋的阳光疯狂地夺路而进，老人被包围在光圈里。

深紫色的松木棺材还是在原地沉默着。老人会安详地躺进这个棺材，躺进大自然温暖的怀抱。闻着大自然清新的土味，身体慢慢融进大地，灵魂跟老伴守在一起。

萨姆嘎老人像被谁控制般慢慢地走近了棺材。她用粗糙的手心抚摸着棺材光滑的表面，微笑着、抚摸着。随即用力推开了棺材盖，用力地爬了进去，然后咬住嘴唇，用尽全力虚掩了棺材盖。

老人的心像苦苦寻找马群的人看到了马群一样宽敞了；像流浪已久的人回到了自己的家乡和亲人的身边一样舒坦了。棺材里面昏暗的光线也使她联想起了沁入心脾的家乡的长调……

黄昏的时候，阿古拉回来了。麻将桌上赢钱的吉姆斯也笑容满面地回来，围着围裙走进了厨房。呼格吉乐房间的门缝里射出幽暗的光。老人的房间里没有灯火，也毫无动静。

阿古拉走进老人的房间点着了灯，没有人。他又推开呼格吉乐的房间。呼格吉乐听到门声回头看，一看是阿爸，就眯着眼睛讨好地笑着说："我把暑假作业都做完了。"

"你额么格呢？"阿古拉阴沉着脸问。呼格吉乐用胆怯的眼神看着阿爸，头摇得像拨浪鼓。

从棺材里面找到萨姆嘎老人的时候，夜幕已经降临了这宁静的村庄。阿古拉吸着烟始终没有说话。吉姆斯用力碰响着手里的碗盘，不时用冰冷的眼神看着老人。

萨姆嘎老人却显得心情愉快、精神抖擞："松树这个东西真是暖和又舒服呀，我眯了一会儿。我看见了你的阿爸，你阿爸来接我了……"

"别跟外人说！人家会笑掉大牙的。"吉姆斯说着，在桌上"当——"的一声放下一盘炒菜。

"如果我把这件事发到网上肯定会引起很大的关注。点击率会破一个新纪录吧。额么格，您真是越老越有个性。我怎么就没有想到这么新鲜的点子呢？我明天在电脑上试试。"呼格吉乐兴奋地说。

阿古拉严厉地看了几眼呼格吉乐，看儿子毫无察觉，顺手"啪"地打了儿子的脑门。呼格吉乐摸着脑袋，用无辜的眼神盯着阿爸看了好一会儿后拿起了饭碗。吉姆斯盛着一碗汤走进来，白了一眼阿古拉："动不动就打儿子的脑袋，快把他打成脑瘫了，书都念不好……"阿古拉把碗筷狠狠地摔在桌子上后走进了自己的房间。

呼格吉乐偷偷地用眼神送走了阿爸。当阿爸的房门关上的那一刻，呼格吉乐肥胖的屁股已经移到了额么格的身旁：

"额么格，您怎么突然想到躺进棺材里？你把当时的想法告诉我。明天你再去那儿躺下，我来照相，然后发到网上。"

"饭堵不住你的嘴吗？"吉姆斯厉声呵斥儿子。

萨姆嘎老人吃完饭走过儿子的房间时看见阿古拉在灯下翻阅《家谱》。堵在老人心头的石头终于落地了。笑容不知不觉地爬上了老人布满皱纹的脸上。她更加确定，《家谱》留给阿古拉是对的。

随着一阵轰隆隆的噪音，一辆摩托车在院门口刹车。身材魁梧的哈达从摩托车上下来。

"额吉，我来接你了，去我家待几天吧。"

萨姆嘎老人看着那辆破烂不堪的摩托车，眼睛突然亮了。

大儿子哈达的家离这儿不远，走过几片玉米地就能到达。每年地里的活儿变轻松，家里不需要她做饭的时候她都会去另外几个儿子家里待一阵的。以前，老人从来不坐摩托车："得了，得了！我都一把年纪了，不想被活活摔死，还是我的两条腿稳当，能使我安全地走过这几片玉米地。"她每次都这样说。可是今天她突然想坐摩托车……她动作麻利地叠好几件换洗衣服装进一个布包里，走向了摩托车。

"额吉可以走过去，把东西放在摩托上吧。"哈达说。

"不用不用，坐摩托车快。额吉这把老骨头挪一步都很费劲。"老人说着爬上了摩托车。坐稳后她俯视刚刚放脚的平地，感觉头昏眼花，就死死地抓住摩托车的后扶手。她迟缓地扭转脖子想跟吉姆斯交代一些猪狗的事情，但摩托车启动时的噪音突然响起时，老人吓了一大跳，索性闭上眼睛紧紧地抱住了儿子。

在大儿子家里，萨姆嘎老人什么都不用做，可以尽情地享受清闲。但是她像丢失了什么重要的东西般心里总是不安。她解开包裹拿出一件棕色的衣服，从衣兜里拿出一个小布包，打开那个布包，再打开里面的纸包，里面出现了几个折叠成很小的十元的票子。她从里面拿出一张，把剩下的几张放回原地。

太阳西下的时候小曾孙女玩耍回来了。萨姆嘎老人把那张十元的票子塞进了孩子的衣兜里低声说："别跟你阿爸额吉说。买你喜欢吃的东西。"然后到儿子的房间："我还是回去吧。"

"回哪儿啊？额吉您也太偏心了吧？这不是你家呀？就在这儿多住几天吧。不然吉姆斯会说我把你赶走了。"大儿媳说着看了看哈达。

"刚过来还没住一宿呢，回哪儿啊？这儿没有人指使你干活，就在这儿安心地住几天。"哈达也没给好脸色。

萨姆嘎老人瞥了一眼墙上挂着的日历。日历上面的日期是八月十五。

晚上，附近的几个老头子拿着纸牌，来哈达家看望萨姆嘎老人。

萨姆嘎老人喜欢玩纸牌。每次来大儿子家就一定会跟这几个老头玩到天亮。可是今天看着纸牌，老人怎么也打不起精神来。

第二天吃完早饭，萨姆嘎老人不依任何人的阻拦，拎着简单的包裹走回了阿古拉的家。

《家谱》在那儿，所以阿古拉的家才是她稳定又舒适的家。

吉姆斯一看到萨姆嘎老人，就拿土坷垃扔向院角的老母鸡，大声斥骂着："这个老不死的东西！整天拖着那笨重的翅膀来回折腾……"

萨姆嘎老人什么也没有说。因为现在，在她看来婆媳那些琐碎的纠葛、争执根本就没有任何意义。她只要看到《家谱》写好了就安心了。

萨姆嘎老人再一次失踪是在八月二十三日。几个儿子和儿媳挨家挨户地寻找了半天，怎么也找不到。回家讨论可能的去向时，呼格吉乐从自己的屋里走出来："额么格早上带上香、纸钱、酒出去的……"

几个儿子互相看了看，不约而同地站了起来。

等他们来到哈达图山的时候已经是正午。高低耸立的众多坟墓让人肃然起敬。一棵棵苗壮茂盛的玛尼木头都在威严地守护着主人的坟墓。萨姆嘎老人跪在最边缘的一个坟墓前烧香。阿古拉走到额吉的身边慢慢地跪下。

呼格吉乐在坟墓中间背着手，挺着胸慢慢地穿梭。走了一会儿后他一屁股坐在一座坟墓上，眯起眼睛看了看正午的太阳大声说："这祖宗们在地下是否安装了空调？"没有人理他。

回去的时候萨姆嘎老人显得特精神。平时无精打采地粘在头顶上的几根白发今天也变得精神起来，随着微风逍遥地飘动着。

"额吉，我已经把家谱写好了。"阿古拉搀扶着老人说。

萨姆嘎老人的脸上荡漾着微笑。

萨姆嘎老人眯着无神的眼睛看了看太阳。火辣的太阳照得老人的眼睛阵阵刺痛，老人的眼里溢满了泪水。

吉姆斯把早餐放在餐桌上去叫醒了阿古拉。这里的男人田里活忙的时候起得特早，但是没活的时候喜欢窝在肮脏的被子里睡懒觉。

阿古拉睁开眼睛伸了个懒腰，然后抽出一根烟。

吉姆斯来到呼格吉乐的房间叫醒儿子。呼格吉乐醒了，惊跳起来，皱着眉头挠了几下后脑勺后突然又倒在床上用被子盖住了头。

吉姆斯站在老人的房门口，侧耳倾听着里面的动静。屋里没有任何声响。她干咳了几声，屋里仍然没有什么反应。吉姆斯感到奇怪。萨姆嘎老人不是个贪睡的人。她平时觉少得让人嫌烦，今天却太阳都晒到屁股上了还不起床。

"额吉吃了吗？"阿古拉披着外套来到了餐桌旁。

"我也感到奇怪，额吉还没起床呢。"吉姆斯回答。

"没起床？"阿古拉惊讶地站起来走向老人的房间。吉姆斯紧跟着阿古拉走进屋内。

屋里静悄悄。萨姆嘎老人在炕上平躺着。老人的被子和褥子整齐得像整个晚上没有动弹过。阿古拉和吉姆斯警觉地互相瞥了一眼。他们的眼睛再次回到老人身上的时候，露在被子外面的白色衣袖让他们吃了一惊。那是半年前老人让村里的裁缝量身定做的寿衣。

阿古拉跑向了老人。

老人的脸恬静又安详。老人精心梳洗后盘起来的发髻发着银光。用天蓝色的绸缎重新包上的《家谱》躺在老人的枕边。

"额吉！"阿古拉低声叫着。在这安静的小屋子里阿古拉的声音变成沉重的回音，久久回旋在屋内。挂在佛像旁边的老式挂钟的时针停在十二的位置上。这个挂钟从来没有停走过。分明是萨姆嘎老人故意那么做的。在村里人的心目中，连自家老人什么时候死都不知道的人是最不孝顺和不道德的子女，是应该受人指责的。萨姆嘎老人是用这种方式告诉了自己死时的时间。避免子女被村民指责。

日落西山的时候，抬着深紫色松木棺材的队伍慢慢地走向了哈达图山。太阳的最后一道光辉无比眷恋地离开了这片大地，消失在山的那边。宁静的村庄迎来了寂寞的黄昏……

原载《哲里木文艺》2013年第5期

译于2022年

喃喃阿拉塔

莫·哈斯巴根　著

乌云其木格　译

莫·哈斯巴根

内蒙古鄂尔多斯人，蒙古族，1950 年生。1977 年毕业于伊克昭盟师范学校。历任伊克昭盟鄂托克旗查布学校教师，伊盟文联《阿拉腾甘德尔》编辑部小说编辑、编辑部主任，编审。1979 年开始发表作品。1997 年加入中国作家协会。著有《札萨克盆地》《在那遥远的地方》《灰朦人世》《故乡的热土》等十一部长篇小说。曾三次获内蒙古自治区文学创作"索龙嘎"奖，两次获"五个一工程"奖。

乌云其木格

鄂尔多斯市融媒体中心播音指导。1965 年生。曾播讲《静静的顿河》《平凡的世界》《骆驼祥子》等百余部中外名著。蒙译汉小说《鸟儿飞》《骢马之耐力》刊登在《民族文学》杂志。《蚂蚁漩涡》《阿妈的大鸨》《喃喃阿拉塔》等入选"优秀蒙古文文学作品翻译出版工程"。

"你说，这人一旦成了家，就总该为这个家干点什么吧？何况还没轮到你坐享清福的份上呢，真是的。"他嘟哝着望了望通往嘎查的那条路。

这人叫阿拉塔，他有个习惯，常常一个人喃喃自言自语说着自个儿的话。于是，久而久之大家给他起了个外号叫喃喃阿拉塔。

"她不是前天走的吗？怎么到现在还不见个人影儿？不会是从摩托上摔下了吧？唉！别说。不能说这么些不吉利的话。你说她走就走吧，可怎么连个电话都不打过来？人家给她打，她还不接，真是的。我看人这东西呀，脑子一发热可就麻烦啦。看来这老太婆是真的迷上了那歌呀舞呀的那些玩意儿了。"

从他的话语听起来，他那老太婆好像是去看歌舞演出了。可仔细琢磨一下他的话及说话的语气，又不像仅仅是去观看演出那么回事。

"不管是独唱、合唱，还是拉马头琴、弹三弦，那都是自古以来的一种大众娱乐方式。但，怎么娱乐也得看场合看条件才是。比如，以前是婚庆、祭奠、那达慕、祝寿或来个贵客等最适合唱的环境条件下大家才放声高歌，在喜庆之时锦上添花呢。可现在这都成什么了？一说唱歌跳舞这倒好，一哄而上连家也不管不顾了。你说她这人，丢下家里这一大摊子营生不管，像吃了蝎子草的骆驼似的仰着头，说走就走了。"

这么说，喃喃阿拉塔的老伴儿可能不是去看文艺演出，而是自个儿唱歌或跳舞去了。其实，老人们聚在一起唱唱跳跳也不是什么新鲜事了。最开头是进城镇帮儿女带小孩的老年人，他们闲下来没事儿时，三五成群聚到一块儿唠一唠家常，唱唱歌儿，成为了一种散心消遣的方式。到后来等小孩子们长大上了幼儿园或上学后，这些老人们可坐不住了。要说他们这一代人，从小生长在纵马高歌的大自然环境中，一直是春天忙于接羔，夏季着手做奶酪，秋天赶着割草，一年四季都不停地忙活惯了。而现在他们一下子闲下来，这就渐渐组成了团队，你教我，我教你，大家一起唱呀跳呀的真是热闹非凡。这么一来，每个人的日子过得红红火火不说，整个团队都得到了社会的认可，常常受到邀请出去演出了。这些老年团体受邀去外地大城市开展非物质文化展示等活动也是常有的事了。因此，加入团队的每个团员都成了不可缺少的演员。老人们也觉得自己是个对社会有用的人，按现在的说法就是还可以刷刷存在感了。

"看来现在像我们这偏远牧区也开始兴那玩意儿了。"喃喃阿拉塔嘀咕着出出进进随手干着那些一辈子也干不完的牧家活儿。要说这次之前，他的老伴儿可从来没参加过那些个上台表演之类的活动。

过了一会儿，在通往嘎查的路上出现了一个骑摩托的人。显然，那人便是喃喃阿拉塔左顾右盼的老伴儿了。

见老伴儿来了，他又嘟哝道："哈呀，总算光临了啊。怎么突然想起这个家了呢？要是遇上了看对眼的，就跟着去呗。"说着转身进了家门。

等老伴儿一进来，他便嘲讽道："嗬，著名歌唱家诺尔吉玛光临到家啦？怎么还想起回来了呢？是再没有合适的地方可去？你也真是的，接了个电话，丢下瓦罐儿里正准备搅动的酸奶就那么走了，你这是着了魔了，还是咋了？"

"谁说酸奶非得由我来弄，难道我这辈子还做得少吗？那罐儿酸奶炼出了多少酥油？我们团后天去市里作汇报演出，我把这次炼出的新酥油带去给我弟弟他们尝鲜好了。"

"你？后天又走？"

"这次是去市里参加博览会，我们团要汇报演出。我得提前去赶做几件演出服装，还得赶时间好好练呢。"

"哼！我还准备明天去儿子那儿看看孙子来着，好长时间都没见到孩子们。家里的这一大摊子你看咋办？这些个牛羊谁来看管？你看着办吧。"喃喃阿拉塔一股脑儿说了一大堆，可见他的倔脾气上来了。

老伴儿没吱声，她当然知道这倔老头儿的脾气，她现在一旦开口说话，他肯定立马头也不回地走了。她想了想，还是给姑娘打了个电话。不一会儿姑娘开着车过来说："您俩都放心地去吧，去博览会上转转，我来放几天羊。"

喃喃阿拉塔原本没想去儿子家，他其实根本不想出家门，更不愿意去那到处是人山人海的市里。但刚才他已经在气头上放出话了，现在还是不好意思收回。"走就走嘛，去转上两天回来就是了。"他开始收拾手头需要带的东西。

这时，姑娘拿来他的蓝色绸袍和织锦缎子坎肩说："爸，您穿上这套，系上腰带，再把鼻烟壶褡裢和咱家传统手工刀之类的男子饰品都带上。"

老头儿不耐烦道："我又不去唱歌跳舞，谁像她们整天穿这戴那地挑剔个没完。"可姑娘却执意让他穿上带上。最终他也没拗过孩子的劝说，便都装进了包里。

　　喃喃阿拉塔跟随老伴儿来到那老年歌舞团后才发觉不该同她来这儿。你瞧，人家唱的唱，弹的弹，看起来都会捏拿两下子。而他连个最简单上手的大琴都不会扒拉。他暗自想："这些人还以为我是唱歌的或是弹琴的吧，看我这样子谁也不会设想我是跳舞的料。这么着，肯定难免有人会奇怪，这老头儿既然什么都不会，还来这儿干吗？也许人家还会猜想，我是吃了老伴儿的醋，专门来盯着她的吧？"他越想越坐不住了。

　　领队的给他俩开了一间房说，这次都是市里统一报销房费，你俩住一间吧。喃喃阿拉塔连忙摆手道："别别，不用。我不在你们这儿住，我自己另有住处，我还有好多事要办。"说着逃也似的走出去，到别处自个儿找了个地方住宿。

　　他还得知，虽然市里为这些老年演出团拨了好多经费，但演出服是演员需要自个儿掏腰包去量身定做。他老伴儿定做的那些合唱统一装啦，独唱穿的长袍，还有这场舞蹈的坎肩、那场展示需要的套装什么的都花费了他不少银子。"咦，这纯属是扶持这里的裁缝店呢。这么痛快掏腰包的也就是这帮一时头脑发热、心血来潮的老家伙们了。好吧，我已经来都来了，这回怎么着也得给自己和老伴儿把面子撑下去。钱花出去了慢慢再挣呗，脸面一丢了可是挣不回来的呀。"他一个人的时候不免这样喃喃自语。

　　闹腾了四五天的彩排节目，终于要上场了。老年团的演员们提着、抱着早准备好的道具、服装走入了后台，留下喃喃阿拉塔一人去观众席，坐等开幕式了。

　　变幻多端、绚烂多姿的光影闪烁，行云流水般的音乐四起，来自全市各旗、镇的演出团纷纷登场了。喃喃阿拉塔对别的团队的演出没怎么留意，他有点惴惴不安地等待着他们那个镇的节目出场。等报幕员点到他们镇时，只见清一色浓妆艳抹的演员们手捧着哈达闪亮登场了。他不由得往前正了正身子，紧盯着每一位出场的表演者，可他全神贯注地看了半天也没看到自己的老伴儿。"嗯，她没在这一拨里，估计在下一场。"他暗自嘟哝着继续看了一会儿，突然他的眼睛一亮，不停地喃喃道："嘿，那不？是她。啊呀，这老太婆呀，把个脸面涂抹成那样。瞧那眉毛浓得像是贴了两片柳叶，还有那红红的嘴唇。呵，这人啊，化上妆还真像换了个人似的。再加上都穿成一样样的袍子，还真有点认不出来了。说实话，这么打扮出来还真显年轻了哈。"他在座位上喃喃自语的当儿，台上的演员们开始翩翩起舞了。这回喃喃阿拉塔的心都吊到了嗓子眼。"哎呀，再怎么打扮也是上岁数的人了，万一踩不稳摔一跤，闪了腰折了骨那丢人不说麻烦可就大了。"这会儿，他老伴儿的每一个动作都像是踩在他的心口上，他发觉自己的手心都出了汗。还好，老太婆和她的伙伴们这次总算顺利地跳完了整个编程的动作，大伙儿面带着上场时的那一抹笑容，缓缓地退回到了幕后。

下一个节目也是他老伴儿出场，这次她是登台唱歌呢。喃喃阿拉塔又自言自语："比起刚才的舞蹈，唱个歌倒是没什么风险，她这人歌儿唱得确实不错。其实，上学那会儿她跳舞跳得也蛮好来着，今天的这点功夫全靠那时打下的基础。那时她考乌兰牧骑还差点考上了，人家嫌她个子有点矮才轮上吉日嘎拉其其格去的。当初她要是如愿考到了乌兰牧骑的话也不会成为我老婆。看来真是人老心不老，现在她是想圆当初的舞台梦呢。还有就是听人家随口说句你们来自歌海舞乡，跳得好唱得棒之类的话，这可真把自己当回事儿啦。即便是歌海舞乡的人，那唱歌跳舞都是有哈数①、有规则的呀。大家每逢吉庆喜事自然是把长调短曲唱个

---

① 哈数：鄂尔多斯方言，意为"办法""做法"。

遍，平时一个人赶路唱一唱那是给自己壮胆、排忧解闷的自娱方式。原来我们是忌讳那种不管早晚随时随地哼唱个没完的行为。老话说，哼哼个没完必有灾难。"

演出结束后喃喃阿拉塔去见了老伴儿。"哎！人老了再涂抹成啥样也是远看青山绿水，近看龇牙咧嘴。"还好，老伴儿没听到他的喃喃自语。

这次的汇报演出总算圆满完成了，喃喃阿拉塔急着要回去，但没想到老伴儿这块儿的活动还需继续，说还要在即将开幕的那达慕会上展示非物质文化项目。说这次市里不仅报销吃住费用，还给每人发一天两百元的工资呢。"哼，我在这里住一宿都花二百多，每天掏百十来块吃的那饭菜哪有咱自个儿家的好吃呢？这三天我都吃腻了。还是咱的炒米奶酪吃起来香。"回住处的路上他一直在嘟哝着发泄自己的不满。

第二天一大早，喃喃阿拉塔买回炒米酪，问老伴儿要不要过来一起喝茶。可电话那头的老伴儿说，她们早已动身去往博物馆了。他问那博物馆在哪儿，老伴儿说，像牛肚子似的那个褐色大建筑就是。"那哪儿像牛肚子，我看活像个羊腰子，前两天闲着没事我都去看过了。"说着，他突然发觉自个儿嘟哝的老毛病又犯了。

他直接去了博物馆，才发觉这里的门厅是向大众免费开放的。他走到一楼大厅一看，都是些陈旧的马鞍、马嚼子、马笼头、鞍屉、绑带之类过去他们骑马时用过的东西。他再往前走了走，陈列的都是些毛毡、煤油灯、铜壶、碗柜、陶瓮瓦罐等早已过时用不着的陈旧物品。"这些东西，当时都是些不可缺少的家当，后来用不着了都丢掉了。可到如今居然成了收藏品，成了展览物品摆放在这儿啦。"他不知不觉喃喃着走上了二楼展厅。只见那里有几位老头儿老太婆在吹拉弹唱。"哦，他们这是民歌联唱。"说着再往前走了走。他看到有两人坐在那儿,一个在编制马绊,另一个正在制作一条精致的马鞭子。他不屑一顾地瞥了一眼,"年轻时我可没少干这些活儿,他们这么差的手艺还不嫌丢人在这儿展示呢。"这会儿他自个儿也没发觉在嘟哝。可令他万万没想到的是丢人的事情还在后头呢。喃喃阿拉塔再挪了几步却看到那边还有一个老太婆挽起裤腿搓麻线,而这搓麻线的正是他老伴儿。"嘿!这回丢人可丢到家了。"他差点喊出声来。他感觉自己的脸烧得火辣辣的,眼睛不知往哪儿看是好,这一刻他恨不得找个洞钻进去。但在这众目睽睽之下,他又能说什么呢?他只好挤在观众圈中继续看下去。他老伴儿搓完了麻线做起了传统布靴子。好多围观的人问问这个又看看那个,有的咂舌赞叹这传统手艺可不一般。"你说这世道,真是有所需就有所应,就这么点手头活儿还有那么多人大惊小怪地去观看,活像看耍猴子。这昏了头脑的老太婆,跑这儿来像个猴子似的把自己摆出来让众人过来看吗?"喃喃阿拉塔气不打一处来,但他没法在这儿给老伴儿出这股气,只好自己嘀咕了一阵子。

午休时他见到老伴儿说:"你那些手艺本领都展示得差不多了吧?咱赶紧回吧!你瞧你,在众人面前露腿抬胳膊的成了一个活脱脱的展示品。咱别在这儿丢人现眼了。"

老伴儿接过他的话茬反驳道:"搓个麻线有什么可丢人的?自古以来不都这么搓吗?听说很早以前,咱那儿有个老妈妈会在皮袄前襟上搓麻线,那可不是一般人能做得来,再说现在去哪儿找皮袄?"

"找不上皮袄你可以不搓呀。"

"不这么搓怎么行?传统文化的传承,必须是按传统做法去完成才行啊。"

"好好,就你觉悟高,你也不怕别人的闲言碎语?也许有人说，阿拉塔家估计是揭不开锅盖了。瞧他老婆，为了挣两个钱在众人面前露出裸腿展示自己。再说，你这做法或许还给咱儿子抹黑，说不定人家还会交头接耳道，达布西拉图不够孝顺，瞧他妈靠给人做布靴子过日子之类的话。你不嫌丢人，我还丢不起这个面子。"

这下，老伴儿的火气上来了。"你觉得我出来给你丢人了是吧？既然你这么想，那咱就离吧，你离开我好了。咱各走各的，井水不犯河水，你走你的金光道，我走我的独木桥，咱谁也别管谁就是了。"

"离？离了有啥用？人家还不照样说，阿拉塔那离婚老婆现在全靠显露自己的裸腿蹭饭吃之类的闲言碎语。现在即便你和我离了婚，我阿拉塔这个名字连带绰号嗬嗬附在你身上刮也刮不掉，逃也逃不脱啦。"

"吃饱撑着没事干的人谁想说就说去呗，我才不在乎那些胡言乱语。我已经答应要给人家做的事，总不能半路打退堂鼓吧？"

嗬嗬阿拉塔没好气地说："你去，去给人家做去吧，我可是要回家了。你就在那牛肚子里缝你那布靴子过冬好了。"

他回到家的第五天，老伴儿也可能完成了那些所谓的展示任务，总算回来了。

嗬嗬阿拉塔和老伴儿自从上次出去转了一趟回来，总是有股拧巴的别扭劲儿在作祟，拧得这对恩爱了大半辈子的夫妻谁都不得痛快。事情的原委是，老头儿有意无意间总提起老伴儿去市里化妆、跳舞、当着众人挽起裤腿搓麻线的事儿。老伴儿一听总觉得他是在嘲讽她，便气不打一处来冲他嚷嚷道："我自嫁到你家，放羊拾柴操持家务，养儿育女操劳了大半辈子，这还不够吗？当初年轻那会儿你不也今天赶这场集体劳动，明天又到那场现场大会的，整天不着家经常在外吗？那时我没说过一句怨言吧？我毫无怨言地伺候这一大家子老小，打理家里家外直到今天才稍微松口气儿了。我现在就冲着我那点文艺爱好，出去唱一唱，跳一跳怎么啦？有啥不行的？"

对于这对老夫老妻来说，能有同甘共苦的精力，却没有有福同享的情趣是再恰当不过的结论。他俩每次拌嘴注定老伴儿占上风。"我知道你就心疼你那两钱，上次我做了几件演出服惹你不高兴啦？你要知道，这家的所有东西都有我的一份。"喃喃阿拉塔压根儿没料到老伴儿会这么说。这回他回击道："你在说什么？我压根儿没想到钱这回事儿。既然你是这么想的，那你使劲儿花吧。不够花了把羊卖了，再不够的话把牛也卖了算了。这点家当怎么也够你穿吧？但花钱归花钱，只求你饶了我们吧，别去给咱家老小丢人。"

磕磕绊绊的日子属实不好过，这期间喃喃阿拉塔也反思了一下。"我这老太婆也不容易，几乎一辈子没迈出过这家门。人家从小就那么点爱好也一直压在心底直到如今。这回说要学三弦，我也该让她去了。"这些话他是说给自己听的。但确实也默认了老伴儿去学琴的想法。

想学弹三弦的十位老人，每隔一天聚集在嘎查所在地等那位镇文化站转派的老师来手把手地教。可每次总迟到的那位年轻人有天说："你们嘎查学的人太少，一人二百元的学费还不够我摩托车油费。"无奈，老人们又加了一点儿学费，这才开始了正式课程。出乎老人们的意料，年轻人没有直接手把手教他们弹，而是在黑板上写了一至七的数字道："要学弹琴必须从简谱和最基本的理论基础学起。"

这十人学了一段时间也没见谁顺手弹了个痛快。"不是说千日古筝百日四胡，憋着尿能学会三弦吗？我们学了两个月好像还没入门儿。"这么说着老人们学三弦琴这事儿也就不了了之了。

嗨嗨阿拉塔见老伴儿跑了两个月也没学成个啥就说："看来你们那位老师根本不如咱这儿已故的弹唱高手图门贺西格大叔，那大叔才叫民间艺人，他那手指头不管弹起什么琴都是飘来飘去。那种以原生态演奏技巧弹出来的美妙琴声，自然而然地会把你带到飘飘欲仙的境界。要说草原上的走马、巧匠、艺人这些，那可都是上天恩赐的本领，不是谁想学就学成那样的。"他借机劝老伴儿安分在家就是了。

可嗨嗨阿拉塔的老伴儿诺尔吉玛是个追求完美的人。她既然想学弹琴，那必然是下了决心直到好好学会为止。从此，老伴儿一听说哪儿有培训班，便忙着去学几天。老伴儿一走，所有家里家外的营生全靠老头儿一人来做了。

有天，嗨嗨阿拉塔冲着正准备背着三弦去学习的老伴儿说："我小的时候听一位来自哲里木的僧人说，他们那儿有一种大众舞叫安代舞。那僧人还说过，官员迷上安代舞难免失去土地成为傀儡，狗吃起萝卜必然气候失调大旱歉收。现在这诺尔吉玛一旦迷上了弹琴，肯定也是丢失山羊吧。昨晚几头牛把咱家网围栏给弄坏了，几十只山羊从那儿跑出去也不知跑哪儿去了。你要走，先把跑丢的山羊找回来再说。"他的这番话彻底激怒了老伴儿，这回老伴儿干脆住到姑娘家去，不回来了。

为了化解二老因学三弦、唱歌、跳舞产生的矛盾，嗨嗨阿拉塔的姑娘和儿子全家都回来了。姑娘首先劝解父母道："爸妈您俩为我们操劳奔波了一辈子，现在能坐享清福了。依我看把大多数牲畜处理了，留下少部分牛羊也足够你们的花销。上了年纪的人别有什么顾虑，按自己感到最快乐舒服的方式过就是了。"接着儿媳表态了："要我说，把牛羊全卖掉，您二老干脆搬到城里住吧。我们那房子也不小。离开这儿到了城里，有的是时间，想出去锻炼或者蒙头大睡都是你们的自由。"

儿子和女婿没吱声，估计也都有各自的想法吧。

喃喃阿拉塔心里暗想："这姑娘是想让我们在自己的家园顺应放牧人的老习惯安度晚年。看来儿媳妇可是早有了自己的想法。她想把这草场和牛羊统统卖掉，想换成票子由她来支配，这不找机会说出来了。"这时，只见女婿拿起手机道："好好！我这就去。"说完，对在座的一家人说："嘎查那儿有点事，我去去就来。"老丈人当然看出来，女婿是不想掺和这家人的事，自导自演了这么个接电话的场景顺势溜开了。没法逃脱的儿子表态道："妹妹说得对，咱妈想出去散散心，想学琴或参加演出都是好事。这些活动都有益于老年人的身心健康。老爸想在家待着也是好事，在自己力所能及的范围内种点草料，放牧少许牛羊图个开心就得了。您二老想怎么过，我们做儿女的都支持。"

一大家子好不容易聚集在一起，当然少不了宰个羊美餐一顿。等儿女们都走后，喃喃阿拉塔对老伴儿说："好啦，就算我错了。想想也是，咱真的该休息了。孩子们说得都对，咱又不是永生不死，搂揽下那么多东西有啥用？你想出去转一转就随你好了。明天我去集市上把最大的那两头牛卖了算了。孩子们不是说让我们减少牲畜头数吗？就这么慢慢减吧。我跟你说，你最好别在姑娘家住了。常话说，嫁出去的姑娘泼出去的水。要说女婿，咱合得来还行，合不来对谁都不好。我建议你还是去儿子家住一段时间，你觉得好，过段时间我也过去。"

喃喃阿拉塔说了一大堆，并且也开始做到了。按头天说的那样，第二天他去集市卖掉了十只羊和三头牛，拿出四万块钱递给老伴儿说："那大城市里别说教三弦的，制作那玩意儿的人也多了去了。我也知道你从小爱好文艺，现在你可以毫无顾虑地去学你的三弦，唱你的歌。出去参与社会活动本身也是件好事儿。你出去看看，如果哪天觉得有点撑不下去了，记得这里还有个家。"

老伴儿进城了，留下了喃喃阿拉塔一个人留守在家园。刚开始他觉得整个家园都是空落落的，干什么都不带劲儿。但他那喃喃自语的习惯也可以说这时候起到了大作用，使他通过整天的自言自语，解脱了难耐的孤单。

"你说现在这网围栏，一方面圈住牲畜走不远，丢不了是个好事。但以前邻里熟人在放牧羊群或寻找牛马时经常碰到一块儿，唠一唠远闻近见。那时，大家一听谁家要做毛毡或套马什么的都赶过去帮忙呢。可现在没人步行放羊，也没人有那闲工夫唠嗑儿了。众人都在忙，也不知忙些啥。"有时候他好像在和老伴儿交谈似的自语道："你在那儿还好吧？两个孙子都已上学了，估计也不用你带。跟儿媳磨合还得需要时间。三弦你也学得差不多了吧？毕竟上了年纪了，学到那份上也不容易，我理解。咦！瞧那几头牛，又走到井边了，我得赶紧去给那些大肚货们饮水。"他每天从日出到日落总这么边嘟哝边干家里家外的活儿，到后来也不觉太孤独了。

本来常言道："少年夫妻老来伴。"这老伴儿走了，喃喃阿拉塔整天不断喃喃自语的内容也可以说丰富多彩。"老太婆比我强多了，她从小能歌善舞，现在又学会了弹琴。进入哪个团体也会是个不可多得的多用人才。"他进进出出随口说着，随手做着。就这么着一个人过了二十多天，这些日子里除了姑娘偶尔来给他收拾一番走了，老伴儿的电话都很少。"这老太婆莫非忘了我？难道她还有别的心思？"他正这么说着，手机响了，一看是老伴儿的电话。

"你还好吧？给羊群打驱虫药了吗？咱花母牛那腿伤好些了吧？"

"都挺好的，孩子们也都好吧？咱这儿前天下了一场大雨，这场及时雨消除了干旱，现在不愁不长草了。"

"我也是从嘎查群里听到下雨的好消息了。我看手机微信这东西挺好的，我给你买一部能上微信的手机。那微信上可以进入好多群，我俩还可以单线聊，挺带劲的。正适合你。"

"不用，别给我买新手机，拿来我也不会操作。有没有那微信我也不愁没人和我聊天。你别忘了，我这喃喃自语的习惯已成了绰号，同我名字一样跟定我一辈子了。"

"等你学会了上微信，你就知道它的作用了。好吧，不说了。这一家上班的、上学的都该回来了。我得赶紧给他们包点包子。孙子们特喜欢我包的包子，每次吃好了拍着圆鼓鼓的肚子给我看，夸我包的包子好吃极了。好了，挂电话了啊。"

"呵，这还真成了城市老太婆了，都会玩儿微信了。"喃喃阿拉塔嘟哝着放下了手机。

自那次通话后又过了十多天，老伴儿来电话道："你一个人注意按点吃喝。别舍不得，宰个羊，喝点鲜肉汤补补身子。宰了羊你要是忙不过来，就叫邻家媳妇来帮你收拾一下羊的头蹄杂碎。我在这里好着呢，虽说前段时间没个认识的人觉得有点孤单，现在可是好了。昨天媳妇给我介绍了一位老太太，她带我去了一处老年歌舞排练场所。还引荐我到她们的老年团队。我看，去那儿的都是些能歌善舞的高手，人家每星期聚三次练歌练舞呢。这回我可算是找对了地方，可开心啦。"

"那好呀，媳妇儿要是给你介绍个老头子，那你不更开心啦？"

"瞧你说的什么话呀，人家跟你说正经事儿呢。好了，媳妇儿回来了，我挂了啊。"

此后的较长一段时间里喃喃阿拉塔没接到老伴儿的电话。没辙，他只能喃喃自语道："这老太婆估计成天忙着练唱练跳，没闲工夫打电话吧。唉，管她呢，由她去吧。既然我让人家走，就让她随心所欲地圆她那歌舞梦吧。她不来电话，我这边拨过去也不太方便。万一孩子们在她身边，那多不好意思呀。"

喃喃阿拉塔在煎熬的等待中终于接到了老伴儿的电话，"你还有想到我的时候？"他嘟哝着按下了收听键。

"你好狠心啊，你从来不主动给我来个电话，每次都是我打过去才能跟你唠上两句。"老伴儿的话语和声音都显得有点失落。

"你还怨我？你说我咋敢给你打？你整天不是和儿孙在一起，就跟那群老头儿老太婆们莺歌燕舞忙得热火朝天不是？我是怕影响你的好事美事呢。你现在还好吧？你们那团队也是忙着搞演出？"

"哦，我忘了告诉你，我早就不去那儿了。"

"又怎么啦？不是挺好的吗？"

"你知道我这人见不得懒惰。看着她们那些人搬个凳子，拉个帘子都要偷懒，真没意思。比起咱割草、喂羊之类的活儿，那可算个啥？但人家硬是闲坐着只等我去干那些个杂活儿，我嫌烦就再也不去了。"

"偷懒的人哪儿都有，你管他呢。只管学你的，跳你的不就完事儿了嘛。莫非你还像指点我似的指望每个人按你的想法去做？"喃喃阿拉塔趁机说了一下老伴儿。

"不是那么回事，我原本来这儿的目的也是想把三弦学成就够了。这三弦咱买都买回来了，动都不会动一下搁那儿放着，人家不笑话咱？我想，怎么也得随手弹一弹咱的民歌曲，也是图个自娱自乐。"

"三弦你也不学了？"

"唉，我是个助人为乐的热心肠人，这你是知道的。可别人不像我，教学弹琴在这儿属于公益教程，但那个教三弦的总是变着法儿让我掏腰包。算了，不学了。"

"你让人家教你就该掏点钱。既然去了就好好学得了。"喃喃阿拉塔尽量安抚着老伴儿的情绪。

"嗨，你可不知道。就这么个老年团体里还老是你争我夺，无论是当个头儿还是哪门子技艺，都想拼个高低，真有意思。前两天就为争个组长的名誉，两个老太婆互不相让差点打起来了。"

"不至于吧？不都是咱这般上了年纪的人吗？怎么那么小心眼儿？"

"有意思的事儿多着呢，说起来话长，等我回去再说给你听。这人头云集的地方不像我们那儿。咱邻里朋友间偶尔聚一聚，大家合起来弹的弹唱的唱，都也图个悠然自得，心情舒畅，开心快乐。但这儿的人可不是冲着单纯娱乐的目的。他们连个座位站位也得攀比争取，你说可笑不可笑？"

"好啦，你可别掺和那么多事，学好你的三弦就够了。"

"我跟他们说我已回老家了，说定再也不去那儿了。你瞧，现在连我都学会胡说了。"老伴儿说了半天琐碎事儿，把心里的憋屈一股脑儿说给老头儿后收线了。

这回又轮到喃喃阿拉塔自语了。"人一旦闲着就会自找麻烦。去到那么个老年团体各尽所能哄自己开心，再有能力的话到社会大舞台发挥一下多好。有什么可争的？我家老太婆一辈子与世无争，过惯了原野牧人悠闲自在的日子，这回可算是大开眼界啦。看来，当初我让她走是相当对的选择。不然她还会一直怨我。"他这么喃喃一番，心头便没什么可压抑的事儿，也不觉一个人的日子有多么难熬。

没过多久老伴儿来电话，开口便怨他道："你这人从来不关心我的事，我上次说了那么多，你咋就不来个电话问询一下？这地方我是待不下去了。我要回家。"老头儿听了当然是窃喜不已。但他还是装作若无其事的样子漫不经心道："你不是说要走一年吗？这还不到半年你怎么又想回来了？你这么半道返回来，人家还以为我催你，拖你后腿，没让你学到头唱个够。你说到了这把年纪，咱不能让人家戳脊梁骨吧？你背着一把三弦大张声势地走了，不一会儿又灰溜溜地回来，咱这老脸往哪儿搁？"他其实知道老伴儿这回肯定会回来。因为他最了解她那九头牛都拉不回来的倔脾气。再说，他又何尝不想让她尽早回来呢？

正当他偷着乐时老伴儿的声音传来了："看你这话说的，你的意思是不想让我回？我回我的家怎么啦？是你趁我不在家找了个相好的过上好日子啦？"

喃喃阿拉塔万万没想到老伴儿会反过来这么挤对他。他忙说："都多大岁数了也不怕旁人听到？你没在儿子家吗？"老伴儿这回笑着说："没，我坐在公园长凳上和你通话呢。我跟你说，这媳妇是想把咱的牛羊连带家园统统卖掉，换成城里的大房子，好让她来摆弄这一大家子。我早就猜透她那点心思了。咱俩现在没病没痛，能放牛牧羊能打理草园子，这就挺好的呀。我来这儿后常梦见咱亲手种下的那些树木，还有整天围在身边的牛羊。咱要是远离亲手建造的家园立马搬过来，那不就闲坐着没事儿干，坐吃等死？我看，现在的城乡也没什么差别。已经通了水、电、路的咱那牧区，住的房子还比这儿更接地气。何况我们弹唱娱乐也是随缘随心，谁都没那么多花花肠子。"

"看这样子，你是下定决心要回来了。"

"我一天都不想在这儿待下去了。你快想办法来接我吧。我现在每天为儿子一家人做饭，招呼了上顿赶着做下顿，这可不是我想要的日子。我满心想的都是我们那宽阔的草场和那些一手喂养大的牛羊，我想家，还，还想……想你了。"老伴儿的话着实让喃喃阿拉塔吓了一大跳。"这老太婆子，进城住了一会儿，琴没学成却学会说这么肉麻的话啦？好吧，我俩相伴过了大半辈子都没听她说过这么掏心窝的暖心话。"他美滋滋地自个儿说着这些话，别提心里有多高兴。"唉，人啊，不管到什么时候都得学着点新鲜的东西，就是老夫老妻间也得学会说点甜言蜜语喽。我……想你，我会说得出口吗？试试看吧。"

这次是喃喃阿拉塔给老伴儿打去了电话。"我和儿子说一下，过两天就是他大舅家婆媳妇的日子，让咱提前过去呢。儿子一家也该回来一趟了，你跟他们一块儿来好了。"

"啊，太好了，还是你办法多。你现在就给儿子打电话，我早已打包好东西，准备随时就走。你催儿子明天就从这儿出发到家。"很明显，老伴儿的语气里满是欢喜。

原载《阿拉腾甘德尔》2019 年第 1 期

译于 2022 年

酸奶坛子与破碎的坛子

包如甘 著

包如甘 译

包如甘

本名伊秀兰，女，蒙古族，通辽市科左后旗人。中国作家协会会员，中国少数民族作家学会会员，内蒙古作家协会会员，内蒙古翻译家协会新文艺群体委员会委员。内蒙古第九期文研班学员，鲁迅文学院第三十四期文学创作班学员。第五届"敖德斯尔"文学奖获得者，内蒙古首届新文艺群体领军人才。曾获"花的原野"文学那达慕小说类一等奖，全国蒙古语散文大赛一等奖等。著有小说集《细雨蒙蒙》，长篇小说《当年十八岁》等。

病魔折磨了老人半年之久。现在的他已经双眼浮肿，耗尽了阳气。但老人拼尽全力睁着眼睛，看得出无比迷恋着人世间的美好。老人的儿子和儿媳一刻也不敢离开父亲身旁，想送父亲安详地走完最后一程。儿子图拉嘎忧伤地看着父亲隐藏却欲盖弥彰的样子，附到耳边说：爸，您是不是有什么话要对我说？您就说吧，儿子一定会按您的意思去做……

　　父亲微微点点头，苍白的脸上发出一丝光芒，气管呼噜呼噜响着艰难地说道：给你金吉玛姨……把那坛子酸奶……送过去……

　　老人就这样走了。这一家子人强忍着悲痛非常体面地操办了老人的后事，忙碌中一时忘记了阴间人的遗愿。过了两周后老人的儿媳妇想到此事，并提醒了老公。图拉嘎皱着眉头说：听说金吉玛姨得了肝病。估计老爸没能去看望她才那样说的。给人家送酸奶做什么？哪一天我从超市买上盒奶，然后去慰问一下老人吧！

　　以文化人自居的图拉嘎在市税务局工作。近几年来经济遇到困难，个体经营者虽然被免去了相应的税款，但没能逃脱网络时代的大潮，有的亏损，也有的无法坚持再经营下去。这些个体商户无奈中宣告了关门大吉。这般情景使税务局也安静了下来。偶尔有人叫号敲门，最多的就是要注销税务证的一系列事。所以像图拉嘎这样的普通职工只能在电脑屏幕上玩牌打发时间，实在耐不住寂寞的一两个呢，去茶水室找女同事闲聊，逗她们找乐子。那几个将要退休的大姐们也都是爱打开话匣子的人，都用着精致的玻璃杯沏花茶及鲜果来养生。她们边喝茶边感叹道：再保养也找不到年轻时候的状态喽，岁月真是不饶人啊……一旁的男士憋着笑，打趣道：姐姐们可千万别灰心啊！虽说人老珠黄了，但还可以用胭脂俗粉来掩盖的。不瞒姐姐们说，我们都私底下啧啧赞赏你们美若天仙呢。

话里话外分明是有挑逗的意思。能言善辩的有个姐姐当场咧着嘴巴，用鄙视的眼神扫视了一下对方说：你也好不到哪儿去，一看就是扶不起的阿斗了……众人哄然大笑。

闲聊之余他们还谈及黄昏之恋。说谁谁的公公，老伴去世不到一个月就迎娶了一个新的，还把全部财产过继给新老伴而跟儿女们闹了矛盾……还有一个熟悉的老太太命苦，无人赡养，就把自己最珍贵的首饰低价卖给了别人……

失去父亲后心情郁闷的图拉嘎偶尔听听这些不太入耳的闲聊，感到无趣和可笑。但说也奇怪，耳根子旁边竟然回荡起了那些闲聊中有关财产、首饰等话语。

哦，关键词啊！图拉嘎豁然精神了起来。

说实话，除了在牧区委托亲戚照看的几头牲口和破旧房子之外，父亲真的没能给他留下什么财产。虽然城市里的稳定工作给予他不错的物质条件，但人心哪能那么容易满足呢？他经常做梦都想捞点钱，执念于突发横财、高人一等的生活。他父亲是个老实巴交的牧民，一生简朴，从没到达过富裕的边缘上，也没珍藏过什么稀罕物件。说稀罕物件倒是有一个从不离身的玛瑙嘴的烟袋，按习俗跟父亲一起埋葬了。还有一个云青色，带有山水花纹的坛子，不算稀罕物，从小就看惯了。那个坛子除了装点酸奶子外别无用处。母亲过世以后父亲在牧区坚持生活了几年，后来实在是行动不方便了才跟着儿子来到了城里。从牧区来的路上，父亲死死地抱住了那口坛子，图拉嘎问他是不是里面装酒了，生怕颠簸中洒在车上。父亲生气地说道，什么酒啊酒的，这是酸奶引子。知道你们城里没有好鲜奶，我这不，自己带上酸奶引子，往后从牧区让他们捎过来鲜奶，我自己酿造出纯正的酸奶喝……

儿媳妇讨好老人说：爸，现在城市里也到处都有鲜奶的。每天早晨有人在楼下大喊卖鲜奶，超市里也多着呢。

老人倔犟地说：我听说那些都是掺水的东西，那叫鲜奶？

图拉嘎忘不掉自己小时候父亲醉醺醺的样子。以前，父亲好酒，背着母亲总是把瓶酒藏在柜子角落或棚圈里的隐蔽处。但每一次都被母亲发现。母亲劝说他喝醉酒到底有什么意思，父亲哼哼唧唧不回答，全当耳边风。母亲无奈，独自一人撑起了这个快要散落的家庭。图拉嘎上大学以后有一天父亲突然宣布自己再也不想沾酒了，还说与其喝酒伤身，还不如喝酸奶养胃。于是父亲开始在木桶里搅动起了鲜牛奶，一百下，一千下，很专心地酿造起了传统的酸奶子。

做传统酸奶必须需要酸奶曲子，也就是图拉嘎父亲所说的酸奶引子。所谓酸奶曲子指的是时间和质量上都很成功的上等酸奶，其功效等于发面用的酵母。

是不是金吉玛给你拿过来的酸奶曲子？

那次，图拉嘎母亲很平静地问父亲。

父亲手里的活计停顿了一会儿，好像在思考着该怎样回答。但他停顿半天也没能答上来什么。他举高了搅拌杆，掂量着分量，继续慢慢地、带有节奏感地搅动起来。木桶里的酸奶上下起伏着，波澜壮阔……

父亲给金吉玛姨送酸奶坛子究竟有何意义呢？图拉嘎现在琢磨着。他知道年轻时候的父亲和金吉玛姨之间有故事，但这跟送坛子的事有什么关联呢？突然他拍着脑袋骂自己：傻呀我？是不是那一坛子酸奶里藏着什么宝物呢？听说我爷爷以前是个王府的秘书。有这样的背景罩着，怎么也得留着一两件宝物吧？据说父亲毕生没对母亲上过心，而跟金吉玛姨有着说不清的情丝。你看，知道自己马上要离开人世了，还不忘给金吉玛姨送上最后的礼物……

理清了事情的缘由后，图拉嘎赶紧从单位里出来开车往家赶。他从父亲生前居住的卧室角落里抱出那口酸奶坛子，放在了客厅茶几上。他非常小心地揭了盖子，一股浓浓的酸奶味飘满了整个屋子。他把里面的酸奶倒进另一个盆里的时候暗中祈祷着，会不会有个宝物扑通滚下来。可他失望了，无论他多么着急地用勺子筷子一并使劲捣鼓，从酸奶里什么也没找见。

晌午的一缕阳光温柔地抚摸着窗户玻璃。玻璃上的光线反射到云青坛子上。斜照的光线很足，照得那云青坛子波光粼粼，他平日里没注意过的山水图案也突然间变成了虚幻中的楼台城郭。

哦，太美妙了！他再一次拍打了自己的脑门。这不是破解了吗？原来一切的答案不在酸奶里，而是装有酸奶的坛子啊。图拉嘎兴奋极了。

曾经的父亲与酒结伴，家里被摔坏的设施物品无计其数，唯独这口坛子安然无恙地被摆放在靠墙的木质柜子上。记得小时候，只要图拉嘎偶尔触碰这口坛子，母亲便急忙制止说可千万不要碰坏了，这可是我们家唯一没给摔坏的摆件了。现在想起来，原因就在这里了。当年父亲喝的是便宜、度数高的散酒。父亲为了打酒，连家里的塑料水桶都没放过，但本来就可以装酒的云青色坛子他却没动过。而且在它那大肚囊里藏着少有的几个硬币。

现在，图拉嘎越想越委屈，差点抱着坛子痛哭流涕。是啊，父母生前为什么一丁点都没给自己透露呢？

图拉嘎清洗了坛子以后左右打量了一番，觉得自己清洗得还不够好。他赶紧找来妻子的洗脸巾。这款脸巾非常轻柔，而且吸水性很强。转念一想，又觉得不妥，因为这是女人沾过的东西，恐怕会玷污了宝物的灵性。于是他飞快地下楼，从超市买来了最好的纯棉毛巾。擦拭一番果然效果就不一样了，云青色坛子的色彩变得更加亮丽，图案也显得栩栩如生了，就像云雾缭绕中闪闪发光一样。他点燃了三炷香，那是操办父亲后事时用过的佛香，他相信父亲一定会成全自己。

普通坛子的本来成色应该是黑、棕、灰，但这坛子就是与众不同。无疑是个老古董，并且有可能是无价之宝。

是满清时期的吗？不，年份有点太近了。往上推算，或许是明朝的。哦，也不，现在到处都是明清时期的古物，不怎么值钱了。唐代瓷器闻名天下，应该是那时候出炉的极品。

家里有宝物，父亲却背着儿子想要送给他人。想到这儿，图拉嘎的怨气上来不禁掉了眼泪。正在这时妻子下班回家推门进来，看他又抹泪又摸坛子的，以为老公还没能走出失去父亲的痛苦，正在睹物思人。她非常心疼，然后用好言安慰。此时的图拉嘎真是哭笑不得，心里暗骂，女人真是头发长，见识短。

他决定去牧区见金吉玛老人，弄清楚事情的来龙去脉。他用干净的布子把空坛子包好，拿起了车钥匙。妻子很奇怪地问：坛子里为什么不装酸奶呢？爸的遗愿不是送酸奶吗？

装什么酸奶？要是嫌屋里有酸味可以把那盆酸奶倒掉！说罢，图拉嘎头也不回地走出去了。

图拉嘎用左手扶着方向盘，右手小心翼翼地抱着坛子驶向熟悉的乡间小路。记得十年前他接父亲来城市的时候，父亲也是这样小心翼翼地抱着装有酸奶的坛子。那时候看着父亲可怜的样子他也真想说，要不您留在牧区跟金吉玛姨相互陪伴度过晚年吧！可他最终还是没说出口。虽然母亲已撒手人间，可他不愿意违背母亲生前的执念。既然母亲一辈子都没成全父亲和金吉玛姨，他必须要遵守母亲的意愿。其实他心里明白自从母亲去世以后，父亲就一直等儿子的这句话很久了。为了听这句话，父亲一有空就盯着儿子的眼睛不放，但父亲的穷追不舍总是以儿子的沉默和躲避来结束。父子俩的尴尬对视就这样持续了十年，这期间儿子不负孝心，父亲没负固执。

现在想起来父亲真是倔犟而执着啊！虽然十年的对视中他略有获胜感，但某种意义上讲，真正的获胜者是父亲，他临终都没把金吉玛姨忘掉，连传家之宝都想送给她。

图拉嘎到金吉玛老人家时已是中午。大黄狗不客气地对他汪汪大叫。微风轻柔地吹起来，就像对他说，城里人你好。骨瘦如柴的金吉玛老人躺在床上，双手抱在胸前，看起来状况很不好。伺候一旁的女儿沏茶倒水，跟老人说：妈，图拉嘎哥看您来了……

老人迷离的眼睛往朦胧的身影慢慢移动，艰难地说：是你父亲让你来的吧？

看着老人颤抖不停的嘴唇，图拉嘎心里不禁生怜，也猜到了父亲去世的消息并没有传到她耳朵里，他回答说：是的姨，是我父亲让我来的。

那你父亲给我捎过来东西了吗？

他心里一惊，说：当然让我带过来了，是一口坛子。

坛子……老人有些疑惑，叹息道：我与你父母是童年的伙伴，三人经常一起捡瓦片玩过家家……

老人谈及关于过家家的游戏，好比捡起了童年的碎片，嘴角也出现了轻柔的笑容。她接着问：你带来的坛子里有东西吗？

图拉嘎不知道老人说的东西到底是什么。他打开了包裹，把坛子拿到老人面前后连忙说：姨姨，您知道这宝贝是哪个年代的吗？

老人摆摆手，看都不看那坛子，急促而痛苦地呻吟道：里面到底有没有东西？

您觉得应该有什么东西才对呢姨？

酸奶……当然是酸奶了，哪怕一两口也行啊……

老人接着说：你父亲经常醉酒的那几年里，偶尔也来我这里讨酒喝。我想尽法子给他喝自酿的酸奶。酸奶不仅解渴还能解酒养胃。这样一来你父亲养成了喝酒后必喝酸奶的习惯，精神状态也好了起来。我知道，你父亲从来都是听我的话，于是我非常耐心地劝导他……后来他也慢慢地下了戒酒的决心，用自己的意志来解救了自己……

图拉嘎还是想问关于坛子的话题，但游离在自我世界的老人继续自言自语道：不知为什么你父亲从来都是把我的话当话，为此你母亲有了怨气。但我不会计较我们之间到底谁对谁错，因为我们三个人是从小就喝着酸奶一起长大的孩子……也曾经有过约定，我们三人当中谁要是先走了，留下的那个人把自己酿制的酸奶给即将要走的人喝上一口，算是尽了一份心意。你母亲先走了，我按约定送去了酸奶。现在我也快要走了，你父亲也应该给我送来那一两口。你父亲在城市里生活的这十年来，我从来没有中断过他想要的酸奶曲子和鲜奶子……酸奶是我们之间的梯子，我们都想到达最高处，所以我们在这梯子上爬呀爬，爬了好久……现在都累了，乏了，该休息了……

听不懂的人还以为老人的这一连串话是即将死去之人的胡言乱语。老人的女儿无奈地摇着头对图拉嘎说：我妈出院后就变成这样了，有时候一言不发，有时候说个不停……

老人突然拼尽全力睁大眼睛说：我要喝酸奶，要喝图拉嘎带过来的酸奶……

此刻的图拉嘎被逼无奈，只好很愧疚地告诉老人，自己带来的是没有装酸奶的空坛子。

听后，金吉玛老人静静地躺了一会儿，然后示意要坐起来。带着微弱的呼吸，在女儿和图拉嘎的搀扶下，她艰难地坐了起来，女儿赶紧给母亲靠了枕头。老人似乎忘记了自己是将要死去的重症病人，她浑浊的眼里充满失望和痛恨：为什么……是空坛子？没有酸奶了吗？难道草原的奶汁都流光了吗？酸奶曲子呢？你父亲已经忘掉了……咱们的约定了吗？

老人越说越生气，不知道哪儿来的力气，把手伸过去就打翻了床沿上的坛子，她怒吼：拿来空坛子想要装进我的老骨头吗？不可能！我要融进我脚下的黑土地里……

坛子被打翻在地，金吉玛老人也往一侧倒下去没有了知觉。图拉嘎惊叫着去捡满地的碎片，而老人的女儿哭喊着妈妈，打电话叫人……

不知过了多久，图拉嘎发现自己在往停车的方向挪动着步子。他看见了路边有几个小孩子正在玩耍。他们从刚刚倒掉的垃圾里捡走了破碎坛子的几块碎片，精挑细选后当作茶碗和杯子，然后从洼地里舀水端坐，模仿着大人互相谦让着喝起了酸奶，品上了奶茶。

图拉嘎的眼睛模糊了起来。哦，他用模糊的眼睛又看到了一个温馨而古老的场景：绿油油的草地上，几个孩子在玩着过家家。他数了数，没错，共三个，两个女孩，一个男孩。

夕阳的余光染上了孩子们手中的碎瓦片，发出的光芒像奶色般灿烂。

原载《哲里木文艺》2019 年第 10 期

译于 2022 年

布日古德的仇恨

瑟·宝力尔 著

春华 译

瑟·宝力尔

1988 年出生于内蒙古锡林郭勒盟正蓝旗宝绍岱苏木巴音宝力格嘎查。内蒙古作家协会会员。曾获八省区"苍天驼羔"蒙古语诗歌大赛第二名、包头市"金秋诗歌大赛"二等奖、八省区"成吉思汗文献馆"杯诗歌大赛三等奖、《鸿嘎鲁》杂志创刊 60 周年诗歌大赛二等奖等。

春华

本名白春花,蒙古族,中共党员。生于1964年,包头市人。从事公文翻译、刊物编辑、少数民族古籍整理工作多年。内蒙古翻译家协会理事,副译审。蒙译汉译作有《文韵大漠》(文集)、《戈壁之魂》(中篇小说)、《胡吉日图的迷雾》(长篇小说)、《黑焰》(长篇小说)、《漫漫驼铃声》(散文)、《牧驼人的爱》(短篇小说)等。

那是我小学五年级的暑假，我们举家迁到一个叫哈达门的地方。那个周围满是山峦、景色旖旎的小小的草原，就是我们家的夏营盘。当时那里没有别的人家，更没有玩伴，所以我的暑假作业三两天就写完了。正愁得无所事事无聊的时候，从爸爸口中听说"檐岩西侧又来了一户牧家"的好消息。

从那天起，我就开始了传说故事般精彩的暑假生活。因为邻家也有一位岁数和我相仿的黑小子，并且当然地成了我暑假期间的好伙伴。我俩把阿妈告诫的"野地上瞎跑的时候注意狼和野狗"的话完全当成耳旁风，天天在山崖上疯跑，野地上玩耍，好奇所有没听过的事，捣鼓所有没经历过的事，玩得无法无天。

邻家黑小子叫布日古德①，高高的个子，精瘦精瘦的，犹如他自己的名字一般，无比地勇敢强悍。上山崖、爬树木、掏鸟窝，简直无所不能。践踏鸟窝杀戮雏鸟，还声声喊"杀强盗！杀强盗！"的，我当时还不知道什么是强盗，很好奇强盗是什么样的人，并隐隐感觉到强盗与他好像有什么血海深仇似的。后来还觉得，他这是经常看打打杀杀的电视剧才这样的。

_____

① 布日古德：大雕。

有一天，冒着淅淅沥沥下了整夜的雨，布日古德脚穿雨靴踏着雨水一早就来我家找我玩。因为帮家人放羊，我俩已经两天没在一起玩耍了。出门时阿妈从背后嘱咐："小雨可能要加剧啊……要是下暴雨不能爬山啊……摔下来会没命的呀！"可是话音还没落，我们早就已经忘了嘱咐，冒着细雨欢快地奔雨后满山遍野的蘑菇去了。整夜的细雨使得地面上的沟沟坎坎都满盈了雨水，曾有些干旱的大地似乎也欣慰地在微笑。捡蘑菇的欲望牵着我俩的心，加快了我俩的脚步。不一会儿的工夫，我们就到了离家较远的老榆树密布的、已经很多年无人的冬营盘地带了。长到十三岁，我从没来过这里，也没机会来这里呀。只见这里随处是没有烧尽的房梁柱子、黑乎乎的灰烬和孩子的旧玩具、衣物的布条等，很明显这里曾经遭遇过火灾……我俩捡蘑菇的热情瞬间消失，马上成了电影里的"小小侦查员"，忙碌起来。

　　雨还在下，探索欲在升级。我的极强的好奇心，加上布日古德那天不怕地不怕的勇敢，侦查的过程达到了完美的顶峰。

　　接近中午，在大肠小肠激烈对抗的时候，我俩"小小侦查员"呼哧带喘地跑回了家。此时的状况是，昨天刚刚换的新衣服已经面目全非，清早穿走的雨靴已经露出了几个脚趾。接下来，我俩享受了阿妈给我们准备的"大餐"，即柳条鞭子的抽打。去捡蘑菇的事情无果，火灾旧址上的行为责任也大多在布日古德身上，但柳条鞭子的重点全部落到我的肩上。我虽然疼痛难忍，但因不服气而咬牙切齿地瞪着眼睛忍耐着。爷爷听见家里的动静及时赶了过来，不然柳条鞭子断几截还真难说。爷爷缓和了眼前的"战事"，为了解事态的原委，开始了临时的审判会，看着原告角色的阿妈那必胜的神色真是又可笑又可恨。

　　罪错并重的我不屈于他们不公平的审讯，抬头挺胸地开始交代整个事情的时候，爷爷猛地打断我的交代，胸前祈祷的同时又出神地望了望布日古德，麻利地从柜子里拿出一把冰糖给他，说着："孩子快点，大雨来临前赶紧回家，快点！"并领着他出门了。"一样办的坏事，一个有糖果的奖励，一个却用棍棒伺候，什么奇葩的审讯……"我正要表示抗议，爷爷乌黑着个脸进来，把我拉到跟前，神色异样地说起了似真似传说的往日故事……

三十来年前，南榆树沟有一个叫那木吉乐的富人。秋季的一天，正当他放羊的时候，有一只硕大的黑鸟俯冲下来，瞬间叼起一只羊就飞上了天空。虽然有千数来只羊，但富人那木吉乐却为了区区一只羊而火冒三丈，把大鸟搭在老榆树枝上的鸟窝浇油放火，并且把两只着了火的雏鸟残忍杀害，才解了恨。可后来他那心满意足的和平生活没延续多长时间，就出了大事。有一天夜里，黑云密布，冷风逼近，遮天蔽日的群鸟袭来，盘旋在他家上空。看到这奇怪景象的那木吉乐夫人，喃喃责怪老头道："你就缺了那一只羊啊？那么残忍地杀害人家雏鸟，你真是造孽。而现在，布日古德快成为稀奇物种了，喂它个一两只羊算什么呀，非要赶尽杀绝，真是……"面对夫人的唠叨，无法回答所以然的那木吉乐，只是默默地叼个长杆烟袋，没长耳朵一般闷坐在窗口一声不吭。

那天深更半夜的时候，牧马人巴雅尔惊恐万分地策马跑来告诉爷爷："富人那木吉乐家着火了，说是无数个布日古德嘴衔来着火的树枝纵火了。"爷爷赶紧跟着来人前去救火，但是等他们赶到的时候已经是一片火海了，加上狂风四起，夹层麸子的土坯房，打好的草垛、牲畜棚、阿日嘎勒[①]堆等等，被火势瞬间吞噬了一切。财产乃身外之物，但人得救起来呀。几个年轻人用各种办法想闯进火海救人，但无奈借着强风的火势太凶猛，没能如

---

① 阿日嘎勒：牧区风干牛粪。

愿。大火燃烧了几个小时，富人那木吉乐家成了一片废墟。而有幸成活的是牵桩上留下的一匹马，还有被大火熏倒的半死不活的几只羊。但更庆幸的是，因当小小骑手而去参加那达慕的小儿子陶格涛逃脱了此次劫难。

一时震惊方圆几里的大火之后，旗公安局、消防支队都前来勘察，但都是雨后撑伞的事情，虽然大量寻访了参加救火人员，但提起着火原因是"布日古德"的时候，都无法说出所以然来，写下个大大的问号回去之后再也没有了下文。

后来听说，一个月之后那木吉乐的大兄哥从外旗前来，带小骑手陶格涛到安葬他父母和俩姐姐的坟前祭拜，然后赶着他家所剩无几的几只牲畜走了……

今年在檐岩西侧来走夏营盘的人竟然是陶格涛，而他唯一的儿子，我现在的好友，名字竟然也叫布日古德。知道这些之后我惊奇得瞪大了眼睛不说，心脏都差点停止了跳动。

传说中的那个黑鸟就这样复仇了。而唯一的幸存者陶格涛，竟然给儿子起名叫了布日古德，那是给他家灭顶之灾的黑鸟啊！真是让人百思不得其解啊！或者，是为了现如今连影子都无法看得见了的苍天之鸟而赎罪的缘故吗？

原载《潮洛濛》2019 年第 2 期

译于 2022 年

达赉湖的金色海岸

西·宝音陶格套 著

孙泉喜 译

西·宝音陶格套

本名宝音陶格套。1957年11月生于阿拉善盟阿左旗。内蒙古作家协会会员，阿拉善作家协会会员，内蒙古自治区幼儿教育协会会长。2019年获中华人民共和国成立七十周年"策克"杯"花的原野"文学那达慕散文二等奖。2019年获内蒙古文联举办的中华人民共和国成立七十周年征文大赛三等奖。2021年获建党一百周年"花的原野"文学那达慕散文一等奖等。

孙泉喜

蒙古族，中国作家协会会员、中国电影家协会会员。曾在《当代》《民族文学》《草原》等刊物发表小说多篇，著有长篇小说《北方原野》，中短篇小说集《原本就是赤身裸体》等，剧本《望火楼》《爱在原野上》《草原上升起不落的太阳》等五部已拍成了电影，翻译作品有长篇小说《印土》等。曾两次获得内蒙古自治区文学创作"索龙嘎"奖，三次获内蒙古自治区"五个一工程"奖。

达赉湖波涛涌动。清澈的波浪犹如叠落的绫缎般向金色海岸涌进来，卷起遇到的所有东西雄壮地向远方奔去。再度涌来的海浪撞到岸上力量锐减，水波顶到脚尖返回，冲洗着岸上的鹅卵石。海岸后面的哨所木屋偶有人进出，从汽车上往下卸着东西，这表明夏营地的工作开始忙碌了。

　　达赉湖的岸上站着一位肩宽腰长、古铜色脸庞、浑身肌肉隆起的中年汉子，他望着长满菖蒲的海湾，这个人叫哈塔奇。就在那年，一个自称是林业警察的单身汉哈塔奇来这里看守达赉湖，一直以湖为伴度过了几个春秋。哈塔奇见菖蒲湾里没有偷渔者，便回头往哨所走，突然又改变方向，向远处矗立的断崖走去。当地人把那个断崖叫拴马桩石，它像个瞭望塔，从这里看远处看得真切，所以哈塔奇有时累了就来这个断崖边坐一会儿。他爬山爬得上气不接下气，突然看见有个小孩子的身影一闪不见了。哈塔奇发现自己在拴马桩旁边摞起来的敖包被推倒了。"这小家伙什么时候过来推倒了我的敖包呢？"哈塔奇这样嘟囔着重新修好了敖包。他坐下来抽支烟，观察着周围。"蒙古人的子孙不可能破坏故乡的风物，敖包也许自己倒塌了。我的疑心或许太大了。"哈塔奇这样想着，活动手脚舒展了筋骨。突然，头顶上嗖地掠过一样东西，哈塔奇惊愕地看过去，那边的灌木丛上飞来一只百舌伯劳，嘴上叼着昆虫，正摆动着花尾巴，仿佛要冲他的眼睛射过来般扇动着翅膀。"这都成什么了，小鸟都不让我消停。"哈塔奇反感地起身，往自己家缓缓而去。

哈塔奇到了自家门口，看见邻居的小孩子正在外面玩弄小狗。哈塔奇看着很不舒坦，所以开门时手在微微发抖。"令人讨厌的孩子，眼神都发着寒光，像狼的眼。"哈塔奇这样自言自语，去掀开窗帘往外看，那孩子正抛撒沙土。"诅咒我呢，小混蛋！"哈塔奇走出来，那边传来开饭的呼唤声，同时看见西屋的色布吉玛提着装奶茶的暖壶走过来了……

翌日，天气格外晴朗。原野一片碧绿，宝格达山在远处的雾霭中呈现蔚蓝的轮廓。菖蒲深处百鸟欢唱，在富饶的大自然中享受着幸福生活。哈塔奇背靠拴马桩石坐在那里，一股热流灼烫着后背，困意阵阵袭来，他不由打起了盹。忽然传来脚步声，哈塔奇抬头看时，西屋的小家伙满脸不悦地站在灌木丛后面。哈塔奇站起来，小孩和小狗吓得惊慌地回头跑了几步，又返了回来，仿佛要看看究竟。

"不在家好好待着，干吗来惊扰人？"哈塔奇瞪起了眼。小家伙朝他撇过来一块石头逃走了。

"那好，我要告诉你老师，站住！"哈塔奇从后面恐吓道。

那个孩子几天没见。哈塔奇想歇一会儿，再次来到拴马桩石下坐了下来，一股令人恶心的臭味随风飘来，还有成群的苍蝇在那里聚集。哈塔奇探寻过去，离他不远处发现一堆烂鱼臭虾和牛羊下水，已经腐烂生蛆了，百舌伯劳在一旁飞起落下一片忙碌。据说人老了孩子瞅着都哭，现在动物也要我。哈塔奇怒气中生，环顾四周，岩石缝中有个小孩子探头探脑，细一看，还是那个小家伙正站在那里向他顽皮地笑。哈塔奇突然想起自己孩提时代，心就软了下来，孩子嘛，绊住手脚却绊不住心，他看着小孩儿乐了。我小时候也是这样，越是不行动的东西越去碰它，打了村里的孩子回来被父亲修理。这孩子看似很老实，像影子一样尾随我，也是很乖巧的小东西。小孩儿应该跟其他孩子玩耍的。或许在这上面他藏着一个什么秘密？哈塔奇这样想着，往上看时什么也没有。

"你过来。叫什么名？"哈塔奇说。那孩子却给脸不要鼻子，冲他说：

"你是坏人！"

"我怎么就是坏人了呢？"

"你为什么不离开那个石头？"

"怎么了，我为什么要离开？"

那孩子欲言又止，沉默了片刻说：

"你前天整个一天没离开这里。岩石那边的雏鸟险些饿死。坏蛋，你是坏人，你是坏人。"那孩子的手指头直直地指着哈塔奇，很是解气般高声大喊。"说什么雏鸟呢？回吧！"哈塔奇欲走。那孩子迈开腿朝着木屋跑去。这孩子看了啥雏鸟在这儿逗留呢？哈塔奇在拴马桩石周围寻找了一遍，忽然听见沙滩上传来人们的吵闹声。明天会得到答案。哈塔奇这样想着向沙滩走去。

哈塔奇今天没按原路巡查。他早晨沿着河湾捡了垃圾，太阳升高时奔拴马桩石来了。他突然听见孩子的呼唤声，抬头看见那个孩子从山上跌落吊在山崖边上。如果在另外的险境中，哈塔奇会立马上前救助。可是那孩子一只脚蹬住岩缝正准备往下跳。哈塔奇默默站了片刻，点了一支烟狠狠吸了一口，吹出烟说：

"那上面有啥？看见北京了吗？你为啥总围着这座断崖转悠？"哈塔奇说完，不无欣赏地望着天空中盘旋的老鹰。那孩子跳下来，把哈塔奇从脚到脸审视了一遍，看见他带在腰间的匕首，想起大人们所说的"不听话就割耳朵"，不由垂下眼帘盯着自己的鼻尖。他心想，眼前的人如果是自己的父亲，必定要让他看看自己受伤的手指头，跟他讨要奖赏。哈塔奇注意到了那孩子的手指头。

"你的名字叫什么？"

"你的名字？苏敦夫。"

"什么你的名字这个那个的……你爸是干啥的？"

"你爸是？警察！"

"难道你是不会说话的孩子吗？咋跟我说这种怪话……还说你爸是警察呢，你爸是没教育好孩子的村夫吧？把大人叫你你的。"哈塔奇用厌恶的眼神盯着苏敦夫。

"不许你说我爸的坏话！"苏敦夫几乎跳起来说。

哈塔奇毫无表情地闷头站在那里。孩子的柔弱天性让他温和起来：

"你看吧，那边！雏鸟它爸飞来了，要喂孩子。你待在这里，它进不了窝，在那边着急呢。四个雏鸟饿得不行了，等父母送来食物，你听它们的叫声吧！"哈塔奇朝着苏敦夫所指的方向看时，两只百舌伯劳正叽叽喳喳地飞来飞去。这东西袭击我，是在保护孩子呢。旁边这孩子老跟我过不去，原来是个有爱心的小孩儿……哈塔奇微笑着抚摸了孩子的小脑袋。那孩子的黄头发被汗水湿透，摸起来像丝绵般柔软。

哈塔奇听信孩子的话，多日没去拴马桩石那边，站在离那里很远的地方观察着菖蒲湾。苏敦夫看见了这个情景。有一天早晨，苏敦夫去商店给额吉买熬奶茶的牛奶，在商店门口看见卖报的老人，便凑过去说：

"爷爷，今晚给我讲莽古斯的故事吧！我去沙滩上送包子时把您的报纸都卖掉，那边人多。晚上听故事时把钱送给您。"

"咋不行呢。就这么着吧！你妈在家吗？"

"在在，捏包子呢，要煮奶茶等我买牛奶。我得赶快送去。"

"懂事的孩子！那我就去喝你妈熬的奶茶。"

"好啊，那样我妈就高兴了。"苏敦夫扶起老爷爷。

苏敦夫在房山下一边喂小狗一边等候哈塔奇，他从房子后面悄悄绕过去，从玻璃窗户往里偷窥，不见人影，起床后连被褥都没叠，乱糟糟一片，枕头旁边有一本外皮破烂的书，桌子上放着装有烟灰的小盒子。苏敦夫跑到拴马桩石旁，只有百舌伯劳在忙碌地顺着树草影子抓捕昆虫。苏敦夫满怀希望跑过去，却没碰到哈塔奇，心里很是失落。他心里空落落地沿着海岸徘徊。

"苏敦夫，你过来，来一下！"哈塔奇的声音从身后传来。苏敦夫回头时，哈塔奇正用力拉着汽船往水边走。苏敦夫飞也似的从草丛中奔过去。

"帮帮我！能扛得动船桨吗？"哈塔奇说。

"给。"苏敦夫把手里的一个瓶子递了过去。

哈塔奇从早起帮着村里干活，还没来得及喝茶，这阵子渴得嗓子都要冒烟了，因此看见瓶水咧嘴乐了。

"好孩子！"哈塔奇接过瓶子灌了一口，立时被呛住，"怎么是酒呢，傻孩子！"哈塔奇抓挠喉咙。苏敦夫歪着头奇怪地看着哈塔奇说：

"昨晚我看见你在饭店门口跟人要酒，所以我妈不在时用这瓶子装了一下子。"

"你妈发现酒少了，会追究你的！"哈塔奇说着又喝了一口。两人一边唠嗑很快到了海边。哈塔奇把充气的船推进湖水里说：

"我怎么答谢你妈的酒？喂，咱俩进菖蒲丛里吧。"哈塔奇用胳膊夹起苏敦夫，让他坐进了船上。

湖面上水雾缭绕，菖蒲湾仿佛漂浮在云雾中。船桨拍打清澈的水面，惊动了水鸟，它们扑棱棱地成群飞到彼岸上。苏敦夫从没出过海，所以死死抓住船沿，心怦怦跳，他想：我们到底要去哪儿呢？汽船穿梭于菖蒲丛中，不一会儿苏敦夫就分不清东西南北了。突然，一只黑白相间的麻鸭子咕嘎叫着从船的前头惊飞。哈塔奇收了船桨，从菖蒲丛的缝隙里看过去，然后抓起一个鸭蛋朝着太阳仔细看了看说：

"已经生成鸭崽了。过期了，我们俩吃不成鸭蛋了。"哈塔奇把鸭蛋放回了原处。接着继续往里划桨，到了一个小岛模样的地方，他们下了船。哈塔奇观察了一会儿周围，蹲下身子，把手伸进水里摸了摸，抓起渔网，"这些偷渔者什么时候下的网呢？！"他自言自语着往外拉网。不少鱼挂在网上甩动着尾巴挣扎着。苏敦夫见这情景跳脚喊：

"鱼……好多鱼！"他禁不住拍起手来。哈塔奇拔出匕首，割开渔网，把鱼放回海水里。

"你怎么知道这边鱼被网住了呢？"苏敦夫一边摘网一边好奇地问。

"我跟你一样，你是守护着鸟儿，我是守护着鱼儿的人。我绝不放过偷渔者。"二人面面相觑，不约而同笑了起来。

"您救过多少鱼？"

"你多大了？"

"你多大了，七岁……"

"嘻嘻，又开始说你你了。我问你你多大了，你应该回答我七岁了，对吧？"苏敦夫仿佛明白了，点了点头。

"我在你这个岁数时能巡查海边抓偷渔者了。"哈塔奇说。

"你是救了许多鱼，对大自然有功的人。我妈常说，蒙古人不能破坏大自然。对吗？为啥呢？来这里的游客特别能吃鱼，蒙古人为什么不吃海里的动物？"苏敦夫接连打来几个问号。哈塔奇什么也没回答，盘起渔网，把三条鱼放进有水的桶子里，放到船上说：

"喂，咱俩回吧。你把这三条鱼拿过去交给你妈妈。"

"不行，我妈说不许要别人给的东西，回去要收拾我。"

"好孩子从大人手里拿东西没什么毛病。"

"我妈恐怕不会做鱼。拿过来吧，我给说书的老爷爷，他经常编好来宝①夸我爸爸，我妈剪羊毛时也过来帮忙。开学时我骑着他的马上学，他还帮我妈搬迁草场，偶尔我骗人他还批评我呢，他是个非常关照我家的爷爷。"苏敦夫绷着脸，站在哈塔奇身边不停地唠叨着，一边研究着三条鱼的处理方法。

见孩子如此纯真无邪，哈塔奇不禁心中涌起一股暖流，真想问一些问题。

太阳西斜。刮起东南风，北面天际升腾着云朵。哈塔奇回到站里，一边喝茶一边从窗户望着沙滩上的游客。他身在曹营心在汉，眼睛盯着工作岗位，心里不觉惦念着苏敦夫，正如儿子身后是父亲的眼睛一样，寻找着苏敦夫的身影。这时看见苏敦夫和母亲拎着东西往海边走去。干啥要忙着去那边呢？难道他们没发现要下雨了吗？也许要找老相识吧……哈塔奇想到这里拉上了窗帘。

暑期即将结束马上要开学了。苏敦夫担忧着断崖上的雏鸟，心想能否看到它们飞起来的情景呢，想着想着慢慢睡着了。

当晚，下起了倾盆大雨。

清晨，苏敦夫一个人坐在海边的敞篷下望着大海。哈塔奇想查看昨晚的雨情，看见苏敦夫的身影，便来到敞篷下，坐在了苏敦夫的身旁。苏敦夫用眼角的余光看到了哈塔奇，低下身子抽搭

---

① 好来宝：蒙古族说唱曲艺。

着鼻子。

"小鬼今天怎么是泪眼叭嚓的了？是否做错事让老爷爷修理了？"哈塔奇这样说时，苏敦夫摇了摇头。

"那你为啥独自坐在这里哭鼻子呢？"哈塔奇抱住他的肩膀哄道。

"江格尔被十二个脑袋的莽古斯抓起来了……要吃掉他，怎么办啊？昨天跟我妈把三条鱼拿过来放生了，据说放生的鱼要跳出水来表示谢意，所以我在这里等候三条鱼，结果想起了我爸爸……"

"江格尔不会死的，他是个英雄，最终不是杀掉了莽古斯吗？你爸在哪儿？他是干啥的人？他肯定也在想儿子，可能是工作太忙不能来看望你们俩吧？咱们走吧。我的宿舍里有江格尔的书，我念给你听，不行吗？那样你就放心了吧，走！"哈塔奇站起来牵着苏敦夫的手往家走。小孩子的手又小又软乎。原野上风吹日晒忙活儿惯了的人，偶尔也闪现童心追忆童年。在这雨水清洗过草尖的夏日里，哈塔奇用阳光雨露般的慈爱将这个影子一样跟随的孩子举起来，让他骑在了自己的脖子上。苏敦夫从来没骑在过像山一般高大的人的脖颈上，仿佛爬上了泰山顶一样咧嘴乐。到了家附近，苏敦夫仿佛想起了什么，说：

"我回家一趟，给你看一样东西。"说完溜下来跑了。

哈塔奇莫名其妙，站在那里等待着。不一会儿，苏敦夫从那边的房里溜了出来，他母亲从后面追出来喊：

"你干啥从家里拿东西？上哪儿去？"苏敦夫像受惊的黄羊羔般上气不接下气地跑过来，打开手里的包，递给哈塔奇说：

"我爸是警察！"哈塔奇看着相片上的年轻警察，大吃一惊：

"什么？这是你爸？！"突如其来的发现使他的嗓子哽咽了。

他盯着替自己牺牲的战友，再看看眼前的孩子，心情无比地激动起来，内心深处涌起的爱意变成热泪像决堤的海水般流了下来。孩子的母亲红着眼盯着哈塔奇，猛地拉起苏敦夫的手往家缓缓走去。

　　达赉湖的金色海岸上映照着落日的晚霞，仿佛那年的森林大火在燃烧……

原载《花的原野》2020 年第 2 期

译于 2022 年

飞跃地狱的隼

嘎·兴安 著

哈斯格日乐 译

嘎·兴安

1982 年出生于通辽市库伦旗茫汗苏木。《通辽日报》编辑。 2009 年以来，创作的一百多篇文学作品发表在区内外的期刊上。2021 年发表在《潮洛濛》杂志上的中篇小说《炼狱之魂》获 2019—2021 年度《潮洛濛》中长篇小说三等奖。

哈斯格日乐

蒙古族，1980 年出生。蒙译汉作品《恋乡石》《枣骝燕》《梦中的母亲》《紫石之痛》《蔚蓝的杭盖》等发表在《文艺报》《民族文学》《草原》等报刊上。作品《宿命》《巴音图嘎》《牧马雄鹰》《乡神》《紫石之痛》《墓地飞燕草》等入选"优秀蒙古文文学作品翻译出版工程"。另有汉译蒙作品集《中学生作文选·中考范文》《成长盛典》《焦裕禄》《方志敏》。

一

夜，漆黑。日月星辰，所有赐予世界光亮的神物像是躲到了幕帘后，让人心生畏惧。只有从地平线上闪过的浅白色的微光将周围渲染成苍灰色，估计是要拂晓了。我都想不起来自己究竟是如何来到这里的。

我毫无方向可言。

雾霭就像着了魔般将整个世界吞噬了。被大蟒蛇蜷缩般盘根错节的路牵引着前行，就像命运被某种无形的力量掌控般地哀伤。回想起来，宿命这个东西可能是真实的存在。刚还在院子中央的垂柳下沏上绿茶乘凉的人，一瞬间的工夫竟来到了这样一个地方，像棵无根草一样漂泊，还真是奇怪了。

从云雾层的那一侧传来狗的吠叫、狼嗥声以及不知是人还是鬼的阵阵冷笑声。这一切变为冤孽的哀哭声，让我不寒而栗。烟雾蒙蒙中我仿佛看到了被割掉头的人、满身是血的女人等冤死的怨鬼摸爬着来到我跟前，向我诉说冤情，像要掐住我的脖子般疯狂了一阵子又消失了。我禁不住打了个寒战。

弯弯曲曲的道路尽头那扇漆黑的门就像立在地角的尘寰中

心带一般。身着奇异穿戴的人拥挤在门口，就像迎风的骆驼般看着这扇门。看到这个景象，我的心里涌进一股热流，感觉到了一丝欣慰。我大声喊着"救命"，朝着拥挤的人群拼命跑去。但是我希望获救的无助的声音在他们这里还不如苍蝇的嗡嗡叫声，根本不予理睬。毫无血色的苍白的脸上写着各种表情的人们用各种语言低声说些什么，我就像个被抛弃在他乡的孩童，感觉到了孤独。人群旁边，牛羊、猪狗、驴骡和鸡鸭等按物种分组排列着。没能引起众人的注意，我很无奈地将想要问的话语咽了下去，看向这扇大门。

这扇门以青铜铸成，上面刻有两个巨大的嘴里含着火球的狮头动物，看着很是气派。在大门两侧立着两尊足足可以羁绊住英雄史诗中神骏的粗大的铜柱子。比碗还粗的两条蟒蛇蜷着柱子躺在地上，睁大眼睛看着众人，还伸出颤悠的九叉舌头，简直叫人吓破胆子。由于受到了蟒蛇的惊吓，我不由往后退了两三步。这时，从镶在门额上的"九泉第一站"几个字散发出来的金光穿透罪恶和冤孽的薄纱，刺痛了我的眼睛，我才真正领悟到自己真的来到了九泉。

原来，我已经死了。

现在，我的阿爸阿妈由谁来照顾？我的孩子由谁来抚养长大？想到这些，我感到阳界还有许多我所牵挂的东西。最起码我还没有尽到一个人应尽的责任，怎么就来到这个地方了？想到这一点，我真想痛痛快快哭一场。但我并没有感到我的内心有一丝的悲伤，原来我是一个铁石心肠的人呢！唉，死了就死了吧。俗话说：天上没有不散的云霞，地上没有不朽的年华。每个人终将会来到这个地方。

原来，聚集在这里的人和物都是鬼怪啊。想到这里，我看了一圈周围的人，心中萌生出逃跑的念头。离开这里，能去哪里呢？离开了蜿蜒的路，周围可都是妖魔呢。心中想到好像有一个人说过这句话，我眼前仿佛再次出现了刚才所经历的危险遭遇，我一时不知要去往哪里，只是摆弄着手指站在原地。

地狱的冷风从身后吹来，站在身后的一个人拍打着我的肩膀，喂，朋友，你踩着我的脚了。他在追究责任。真是奇怪。无论到哪里，这些没完没了的麻烦事儿还真挺多的。文人雅士不是说，人死之后会到达一个不会挨饿受冻和没有痛苦的地方的嘛。为什么来到地狱了还有这么多事儿像个苍耳一样缠着我呢？一定是受到蟒蛇的惊吓在往后退的时候踩到他的脚上了吧，得尽快道歉离开这个恼人的麻烦为好。

我慢慢地转过身，身后尽是些眼神散发着冷冰冰光芒的鬼怪，我的全身从上到下再一次震颤了。什么时候来了这么多人了呢？地狱这个地方的人真的是比阳界还多吗？

我寻找着跟我追究责任的人，一遍遍地搜着众人。我的朋友，你往哪里看呢？我在这里，你踩到我的靴子了。从人群中传来一个声音。我仔细看了看，从人群中走出一个非常气愤的中年男人。咦，这不是我的同乡铁木日西达木大哥吗？

同村人的命脉是相连着的。见到了同乡，我的内心立刻变得温暖起来。在地狱见到了同乡哥哥，我能不高兴吗？

老人说，在地狱就算是亲兄弟，见面的机会也是少之又少的呢。在阳界，我们曾打闹过，也嬉笑过，就是没有想到我们还能在地狱见到彼此。这是何等的缘分啊！我激动得只想紧紧地抱住他放声大哭。

二

听说阎王爷对待众生灵是平等的。结束阳界劫数的人不分贫富、不分贵贱都要来到这里。你们瞧，今天铁木日西达木大哥我们两个人不就是在这里见面了吗？

铁木日大哥，你还认识我吗？我是你的同乡老弟宁晋巴雅尔啊，就是你的邻居宁晋巴雅尔。说完，我还特意用食指敲了敲自己的脸，为的就是让铁木日大哥更好地认出自己来。大哥，你仔细看看，我是宁晋巴雅尔。我又重复了一遍。在这一瞬间，铁木日大哥斜眼看了看我，眼神中充满蔑视的神情。哼，你说你是宁晋巴雅尔，现在我没工夫跟你讨论认识与否的问题，而你首先要考虑的就是如何赔偿我的靴子这个问题。这一句近似冷漠无情的话语，等于是朝着我的满腔热情泼来了冰冷的水。铁木日西达木大哥对我为什么会是如此高冷蔑视的态度呢？想到这里，我心中产生了极大的委屈感。

那年，我的十几头牛被小偷偷走了。动员整个村子的人找了两天还没有找出任何关于牛的踪迹，我便报了案。警察来来回回奔波了好几天将牛给我找了回来，还将铁木日西达木大哥当作盗牛者抓了起来，关了几个月。听说，铁木日大哥着急忙慌追赶着我的牛，就像是要变卖自家的牲畜般泰然自若地哼着小曲呢。从那之后，铁木日西达木我们两个人像结下了不共戴天之仇，把彼此当作眼中钉、肉中刺。说实在的，我对他能有什么仇恨可言呢？只是他认为自己坐牢完全是因为我报警的缘故而憎恨于我。我也是在为生活奔波呢，没有了牲畜我将如何维持自己的生计呢？这世上能有几个十头二十头地将牛白白送给小偷，而自己像个没事人一样过活的人呢？

铁木日西达木出狱后说自己没法维持生活了，以坐牢留下了后遗症等各种借口想把自己的婶子巴德玛老阿妈的"低保户"名额给转到自己名下，在村长面前溜须拍马屁。在一次村委会上我反对这个做法，说低保户救助金应该给体弱多病的老年人而不是要给身强体壮的年轻人。这件事打散了铁木日大哥想不劳而获的白日梦。说实在的，巴德玛老阿妈无儿无女而且是个早年守寡的可怜的老人。铁木日大哥怎么就不想想如何帮助这些弱势群体而是为了争夺老人的那些救助钱挖空心思呢？

有一次，铁木日大哥喝酒喝伤了身体去输液，恰巧碰到了巴德玛老阿妈在医院进行抢救。每每说到这件事，铁木日大哥会长叹一口气，说，我的婶子待我就像自己的亲生儿子呢。他还流着眼泪，"思念"着八竿子打不着的那位远房婶子。他还说自己为老人送了终，不仅霸占了老人的房屋和草牧场所有权，还得到了"低保户"的名额，过上了真正的不劳而获的生活。就这样，铁木日大哥过了几年几乎将"贫穷"这个字样贴在额头上的生活，终于等来了"好运气"。但是，真正将需要抢救的巴德玛老阿妈送到医院为她医治的人是我。

现在来到了地狱，铁木日大哥还让我赔他的靴子。每个人都是自私的，到了关键时刻一定不会说自己的不是的。我这样一想，对他说，铁木日大哥，我们可是同乡啊，我不小心踩在了你的靴子上，你何必揪着不放伤了和气呢？说完，我低头看了他的靴子。咦，这不是我的旧靴子吗？买这双靴子的当年，我被马踩了一脚，将靴尖儿给踏陷了。

"低保户"得主将自己开"工资"的事当一回事儿，不仅大吃大喝，还迷上赌博做了几年阳世孤魂野鬼。去年，我出去将牛圈回，碰到了喝得烂醉从黑毛驴背上摔下来光着脚躺在野外的西达木大哥。我将他驮在摩托车上送医院，又担心他冻坏了脚就把塌陷了尖儿的靴子给他穿上了。那都是多余的东西吗？说送就送人了。当时，妻子还埋怨我。

好吧，就一个塌陷了尖儿的靴子，我又何必把它要回来呢？但在今天，在地狱这个地方，大家看到我这个真正的靴子主人是如何被别人追究责任了吧？

你活着的时候不是什么都不放在眼里的吗？怎么比我还先来到这里了？简直太滑稽了。铁木日大哥冷笑着。

大哥，取笑一个死去的人还有什么意义吗？你不也是来这里了吗？如果你的靴尖儿塌陷了就穿我的这双靴子吧，刚买没多长时间。说着，我将穿在脚上的亮锃锃的皮靴脱了下来放到铁木日西达木的怀里。他反反复复看了几遍，阴沉着的脸立刻晴了起来，脱下脚上那双塌陷了靴尖的靴子扔给我，穿上了我的新靴子。穿着还蛮好看的，要是再擦亮些就更好了。他边在嘴里嘟囔，边低头看着靴子，大大方方地在人群中走开了。

三

为了给我们安排各自的归属地，还得审理各种案件，阎王也真是绞尽脑汁了。

虽然从娘胎生下来的时候一丝不挂，但踏进地狱门的时候就不要光着脚了吧。我这样想着，把这双塌陷了靴尖的靴子穿在了脚上，看向门口。

大门旁边传来震耳的锣鼓声，大门慢慢地打开了。等得迫不及待的鬼怪们双手捂着耳朵拥挤着朝门口走去。想着最先到达者爬到了前面人的肩膀上，更过分的是还有在众人头上爬行的人呢。这些人一定是在活着的时候被心中的贪念占据着，欺负人习惯了吧。踏进地狱门还如此心急！

我跟着人群往前移动，听到了身后的铁木日西达木大喊一声"闪开"，不仅拽着我的肩膀让我摔倒在地上，还跟走在我前边的人抢着位置。

在众多鬼怪的大声喧闹声中，缠绕着门旁墩子的两条蟒蛇发挥它的"轻功"，用舌头把爬行在人群上面的几个急性子吸了进去。大蟒蛇开始发飙，拥挤的鬼怪们吓得瞪大眼睛，就像个木偶，杵在了原地。其中的一条蟒蛇用舌头将铁木日西达木大哥卷了起来。他胡乱挥动着四肢，嘴里大声喊着"救命"，随之他的眼角溢出了血。其他的鬼怪胆战心惊地看着铁木日西达木。铁木日西达木从众人中看到了我，大声求救，宁晋巴雅尔，我的弟弟，救救哥哥啊。听到那一声撕心裂肺的呼叫声，我的心像刀割一般疼痛。无论好与坏，有句俗话叫作：远方的佛不如近邻的鬼。铁木日大哥就要成为蟒蛇的食物了，我怎么能够见死不救呢！这样想来我将凉了半截的心再次焐热，朝着蟒蛇跳去。跳了两次终于站到前面鬼的肩膀上，用力抓住了铁木日西达木的手。蟒蛇颤悠着舌头摇了起来，我的身体悬在半空中，双脚飘在聚集的鬼怪头上，眼看着就要被蟒蛇吸进去了。就在这个时候，一条大棕狗威风凛凛地从云雾中吠叫着冲向蟒蛇。蟒蛇把我们扔下，将舌头伸向了狗。

梦境！这个情景多年以来一直出现在我的梦中，每次从噩梦中惊醒，我浑身上下被汗水湿透。就在这一天，我梦中的情景竟然重现在我的眼前。梦境和现实生活究竟哪个是真实的，我现在也无法分辨了。我看到棕狗将尾巴翘成圆球再次跳进了云雾层。

在狗的袭击下蟒蛇缩回伸长的脖子，只是颤悠着舌头躺在地上。它的九叉舌头冒着一股冷气，在朦胧中散发出冰冷的雾。此时此刻，我紧张的情绪稍许平静了下来，忽然听到铁木日西达木大哥铁青着脸说，宁晋巴雅尔，哥哥在生死边缘挣扎，你竟然眼睁睁地看着我送死，你真是一个铁石心肠的邻居。我努力地压制住心中的怒气，心平气和地说，如果不是我冒死相救，大哥您现在不可能是完整无缺的模样吧！铁木日西达木还气愤地说，如果早些进行搭救，我还能累成这样吗？说着，他转过了头。

世界之所以海纳百川，才能容得下这样的人吧。"狗改不了吃屎"这句话看来是经过了实践的考验。

四

要说起狗，如果没有大棕狗，铁木日西达木我们两个人肯定被大蟒蛇吃进肚子而且又当粪便拉出来了。

看到棕狗的英勇行为，我认出它是我家在我小的时候养过的"尼斯克"，激动之余回忆起了我的童年。阿妈常说黑毛驴和大棕狗为我们家做出了很大的贡献。我们全家人念叨大棕狗远胜于黑毛驴。应该是与黑毛驴让阿爸的手受伤惹了大祸有关吧。

阿爸骑着黑毛驴忙着去地里干活儿，而棕狗尼斯克也紧跟在后面小跑。毛驴这个该死的动物有个坏毛病，就是特别恋家。到了晌午时分，黑毛驴就蹦跶着朝家的方向跑，而看着渐渐远去的黑毛驴，原本伸着舌头躺在杏树荫下的棕狗吠叫着起身，拦住毛驴，让它只能在自家田地的附近转圈。到了休息时刻，阿爸就去棕狗吠叫的地方骑上黑毛驴往家走去，而棕狗也摇晃着尾巴跟在后面，顶着炎炎烈日回到家中。就这样，棕狗在晚上的时候守卫家园，看守着牲畜圈，而到了白天就帮着阿爸看住黑毛驴，在无声无息中度过了近十年时光。阿爸忙完一天的活儿回到家中就嘱咐阿妈说，我可怜的尼斯克通人性呢，只要有尼斯克在，我就不愁毛驴会跑掉。快给尼斯克喂吃食。

有句话说，天有不测风云，人有旦夕祸福。一天，尼斯克从嘴里吐着白沫回到家中，我以为它疯掉了便赶忙告诉阿妈。阿妈着急地走出屋看了尼斯克说，狗中毒了，快去拿嗜酸奶汁来。阿妈的语气十分着急。我忙跑回屋舀了一瓢嗜酸奶汁，半道还洒了一半拿给阿妈，来回跑了几回还帮着阿妈撬开尼斯克的嘴给它灌了几瓢嗜酸奶汁。过了一阵，棕狗的眼睛变得通红，吠叫着躬身往西南方向小跑过去。无论我们怎样从后面喊叫，它就像没听到一样加快了速度一直跑着。第二天，阿爸从距村西南五里的陡坡处油蒿背阴地找到了尼斯克的尸体。也是在第二天，就是这个铁木日西达木咧嘴笑着来到我们家，听说你们家的狗中毒死了，可以的话我买它的尸体。他对我阿爸说。阿爸阴沉着脸对他说，虽然我的狗死了，但我不会卖它尸体的。你快死了这份心赶紧滚蛋吧。一定是铁木日西达木给我们的狗下毒了。阿妈不止一次怀疑过他。自从棕狗死了之后黑毛驴不仅将阿爸扔在地里独自回家，更过分的是有一次竟然尥蹄将阿爸摔倒，弄伤了阿爸的手。那一年，我们家的农活进度比别人家晚了好长时间，那种焦急的心情就更不要提了。阿爸在一气之下将黑毛驴低价卖给了铁木日西达木大哥。

今日来到阴曹地府，还托棕狗的福逃过了一劫，我心中感到又喜又悲。这时，大门那边传来震耳的声响，随之驱赶着地狱之雾，切开翻滚的云，周身穿着漆黑和纯白色衣裳，下垂的舌头低过胸部的两个恶鬼出现在了门口。他们手拿着用马尾巴编制而成的五尺长的黑白鞭子，用令人发颤的声音说，聚集于此的众鬼们听着，虽然你们的肉身已经死了，但你们的魂魄已经来到了地狱，上苍将转世的难得的机会赐予你们。你们离开繁杂的人世踏进如此圣洁的这个地方叫作九泉第一站。需要提醒你们的是，九泉这个地方与人世不一样。这里拒绝虚伪，惩戒狡猾，消灭残暴。想要踏入第一站的门而拥挤的人们一定要遵守规则，站成两排。活着的时候不懂得规则的人来到了这里还像以前那样蛮横无理的话，迟早会成为门口两条蟒蛇的食物。交代完毕，两个恶鬼将马尾掸子甩到肩膀上变成雾消失了。

苍白的大门冒着淡蓝色的雾，后来闪出白色光，门被打开，里边的景象出现在大家面前。聚集的鬼怪们就像泄了气的皮球，默不作声地排成两排跟着前面的两个鬼翻越进入九泉第一站的门槛。

麻绳一样绵延的鬼怪行列跨过门槛之后就像被云雾吸掉一般变得无影无踪。有的来到门口无法进入便开始伤心地哭泣，但哭泣声又很快像滴落在火焰中的水滴一般化掉。长长的队伍在云雾中朦胧得看不到边际。棕狗紧随在我的身后，我感觉有了依靠，不由激动地低声叫着棕狗的名字"尼斯克"，把手伸到了身后，我感觉到身后的棕狗闻了闻我的手，再用冰凉的舌尖舔着我的手。原来，棕狗身上的热气已经散去了。

五

短命人的归宿皆显露，恒久世的一切均隐秘。多数人把地狱比喻成十八层地狱，但今天来到九泉第一站我想把这句话否定掉。

踏进九泉第一站，新鲜空气和飒飒清风净化了我的肝肺，让我胸中感到一阵清爽，就像闻到了雨过后的青草地芬芳的味道。周围的环境焕然一新，被云雾笼罩的青山高高耸立着。山脚一望无际的大草原绵延开来，穿过草原的千万条道路展现在了眼前。

路边的鲜花争相开放，比碗还大的花冠就像神灯，散发着七色光芒。我这是来到仙境了吗？

我陶醉在花草所散发出的杜松和檀香的味道中走进一条小径，往前走了几步，心中挂念着我的尼斯克是否跨过了门槛而回头看了看。

我的尼斯克不是跟在我身后的吗？怎么到现在还不见它的影子呢？或是化成水蒸发了吗？这样想来，我的眼泪就要流出来了。不会的，地狱是不会惩罚那样忠诚的狗的。这样想着，我看向门口，看到棕狗就像从弹射器中蹦出来的石头般跳出黑雾往我这里跑了过来。我的尼斯克跨过门槛了。我又激动又高兴，嘴里喊着尼斯克，尼斯克，往这边来。尼斯克跑到了我身边，摇晃着尾巴仰头站立起来舔着我的脸。

我们观赏着美景顺着小径继续往前走去。嗨，宁晋巴雅尔，等等哥哥。耳边传来熟悉的声音，我回过头去。铁木日西达木骑着阿爸曾经骑的黑毛驴在我后面走着。尼斯克看到黑毛驴张牙舞爪地嗥叫起来，眼看着就咬住黑毛驴的嘴了。这黑毛驴什么时候死的，又是什么时间来到地狱碰上它的主人铁木日西达木了呢？我正思忖着。这黑毛驴死不悔改，又尥蹄踢了几下尼斯克，驮着铁木日西达木走上了另外一条道路。人狗死缠在一起的家伙们，惊到我的毛驴赶走你大爷，太不像话了。铁木日西达木从毛驴身上回过头来大声叫骂着渐渐远去。老人们常说梦见毛驴会走背运，来到地狱还骑着毛驴行走的铁木日西达木能好到哪里去呢？只要见到这家伙，我会被各种麻烦缠身的。想到这里，我对赶走黑毛驴和铁木日西达木的尼斯克产生了感激之情。

鲜花盛开的草原小径上，我不知道走了多长时间。小径就像孽虫的腿，分至各个方向，偶尔还出现黑暗的小径。我不小心傻傻地走进黑暗的小径，尼斯克追了过来咬住我的衣襟转向鲜花盛开的阳光道路。不一会儿，小径又开始出现分岔，我看见穿着花裙的漂亮姑娘翩翩起舞，还唱着动人的歌谣。她婀娜的身姿，美丽的脸蛋就像天上的仙女，我情不自禁地想要跟过去，尼斯克又跑了过来咬住我的衣襟将我往后拽去。没看见仙女在领路吗？你这条狗怎么会如此无礼！我在心中这样想着，大声吼着尼斯克。我们两个来回拉扯着，在狗的吠叫声中仙女受到了惊吓，竟然变成一道光没了踪影，就像美丽的鲜花在冷风中谢落，让我不禁伤感起来。就在这个时候，姑娘起舞的那条小径变得一片漆黑，我才发觉仙女其实是迷惑人们不让他们转世的妖精。

我领着尼斯克走进另外一条小径，小溪潺潺，传来复活的旋律，让我的内心振奋起来。突然，"天上没有不散的云霞，地上没有不朽的年华"，柔和的歌声随着清风传到了耳边，撞击着我的灵魂深处。地狱还有人唱这首歌呢！旋律是那么悲恸，歌者的声音也是那么哀伤，我猜想唱这首歌的人一定在阳界遭遇了很多的苦难。这样想来，自己所经历的为生活而奔波的那些痛并快乐着的日子像是出现在我眼前，让我的心生疼。我朝着唱歌的人继续往前走去。

六

在阳界，无论什么事人们都能给自己做主。但在地狱，在认路这方面连一条狗都不如。

我被哀伤的歌声吸引着。这时，布满鲜花的路段已走到了尽头，眼前出现了乳白色的小径。随着小径往前走着，看到路边有一位老阿妈背对着我们坐在一块大磐石上。老阿妈哼着《天上的风》这首歌。老阿妈的发髻在切开地狱的空气吹来的清风中散开并飘飞着。老阿妈或是为了解闷，抑或哪怕暂时为了远离孤独而哼唱的声音凭借着地狱的高空魔力盘旋回响着，变成了震耳的大声。尼斯克从她旁边小跑而过的时候吠叫了两声，感伤的老阿妈被狗的吠叫声惊住，转过身来。她盯着我们看了很长时间，继而躬着背起身，脸上那一道道经历了人世风风雨雨的皱纹像在那一瞬间舒展开了。

老阿妈用颤抖的声音说，宁晋巴雅尔，我的孩子，阿妈在这里等你很久了。说完，老人擦拭着眼泪蹒跚着走过来亲了我的额头。地狱的老人都是这么热情吗？我仔细看了看眼前的老阿妈，老人的容貌在我面前逐渐清晰起来。这不是东邻的巴德玛老阿妈吗？我失声叫着，老阿妈，您可安好？您不是去冥界好几年了吗？怎么会在这里呢？在等什么呢？我好奇地问。巴德玛老阿妈叹了口气，来冥界的人能好到哪儿去呢，我的孩子？为了能见上邻里中的任何一个人，我在这块磐石上等了足足三年了。今天我的孩子来了。阿妈不知道选择九泉第二站九百九十九扇大门中的哪一扇门呢。我的孩子能帮助我吗？老阿妈说。尼斯克认出了巴德玛老阿妈，摇晃着尾巴雀跃起来。听到阿妈说等了三年，我的眼泪禁不住地流了下来。像巴德玛阿妈这样好心的人应该能投个好胎，这样想着，我满心欢喜地答应了老阿妈的请求。

老阿妈为了领我走上去往第二站的道路便起了身。就在老人起身的这一瞬间，一动不动坐了整整三年的磐石就像灰尘，被地狱的风吹散了。而我走过的鲜花盛开的美丽小径也化为乌有，看到银色的薄雾中有好多扇门在排列着。走到门口，巴德玛老阿妈停了下来缓缓地转过身，说，我的孩子，走向九泉第二站的清白之门已经到了。都说在三天之内如果还选不好入口，便会重复三次品尝临死之时的磨难。每扇门旁边并列站着身穿纯蓝色服装的两个姑娘，朝着跨过门槛的人们微笑表示欢迎。两位姑娘身旁摆放着刻有青龙的檀香木桌子，眼神散发着冷光的高个子、长相极度相似的长胡子男人们手握毛笔高傲地就坐，对进门的人进行考验。门的上方用金子镶刻着多种语言所写的字。聚集的人们选择各自所认得的字站在其门口。铁木日西达木还牵着黑毛驴站在众人中。他看了看我们，脸上出现厌恶的表情，撇着嘴说，不分老少跟猪狗成群结队的，看看你们这个样子，你们不知道羞耻吗？怎么会像个影子一样老是跟着我呢？像你们这样的人能走这个门是不可能的，倒不如趁早死了这份心早点滚蛋。他大声喊着。黑毛驴也是打着响鼻，尥蹄踢着我们，不想让我们往前走。巴德玛老阿妈拽了拽我的衣袖，孩子，听说这扇门是英语门，还听说进入这扇门的人会转世为外国、发达国度的人呢，或者转世为那里的牲畜。与其去那异国他乡看人脸色，还不如选择我们的国家呢。巴德玛老阿妈的话在理。铁木日西达木像是要炫耀自己是个有福气的人，牵着黑毛驴雄赳赳地走到了长胡子男人跟前。长胡子男人用我们听不懂的语言问了几句，铁木日西达木只是"嗯，啊"着说了些话，还用手比画着。长胡子男人摇了摇头斜了他一眼起身在他的胯骨处踢了一脚，铁木日西达木同他的毛驴离开长队就像棉絮滚到了我身旁。他还什么事都没有发生似的说，去你爹的，以为老子找不着门呢！但没等他把话说完黑毛驴抖搂着身上的灰尘号叫了起来。他牵着毛驴来到我们身边跟自己的婶子都没有问候一声就铁青着脸站在了一旁。过了会儿他说，我原本能走这个门的，可是说语言不通就不让进这扇门。早知道这样老子从小应该学英语。

在阴曹地府，像铁木日西达木一样找不到入口的人乱成一团，只是一个劲儿地叹着气。连自己的祖国都不热爱的人，任何一扇门都不可能让他们进入的。这样的一群人，不知道还要在地狱漂浮多少年呢！

七

　　就像一个人来到人世的时候一分钱都不会带来一样，回归地狱的鬼魂连寸土都带不走。铁木日西达木霸占了巴德玛老阿妈的家园和田地，但他没有能力和权利将老人的所有资产带到地狱。失去所有家产的佛心人巴德玛老阿妈别说是讨要这些东西，连提都不愿意提出来。她用眼角瞟了一眼铁木日西达木，拽着我的衣袖，孩子，作为邻里，谁是什么样的性格我们心里都清楚。铁木日这个孩子心术不正，我们还是离他远一些的好。她低声跟我说。

　　像是在支持老阿妈所说的话，棕狗也朝着黑毛驴吠叫着。黑毛驴也毫不示弱，挄着耳朵尥蹄踢着大棕狗。

　　我们一群人跨过门槛往里走去。走到第三十六扇门时，我感觉到胸闷浑身发抖继而晕了过去。

　　我在失去知觉的时候看到了柴达木湖呈现出一片蓝色，还看到一个孩子失足掉进了湖里。烈日就像碰掉了一角，炙烤着大地，非常闷热。原来，孩子是因为要下湖冲凉不小心溺水了。我为了救这个孩子拼命地奔跑过去跳进湖里，将孩子慢慢地推到了岸上，突然我的脚抽筋自己又溺了下去。

　　全部的经过就像梦境般出现在了我的眼前。突然，我的四肢抽动，眼睛翻白，从嘴里冒出清水，肠胃蠕动着，我慢慢地醒了过来。我看到尼斯克闻着我，在我周围哀嚎着。铁木日西达木看到这一切，脸上简直是乐开了花，他指着我说，原来宁晋巴雅尔是溺水而死的鬼魂呢。他还拍打着膝盖像个孩子一样笑着。巴德玛老阿妈叹了口气，嘴里连续说了几遍"可怜的"，她轻抚着我的额头，孩子，好心的人会得到上天庇佑的。原来你是为了救溺水儿童而不小心失去性命的呢。她说。老阿妈那双历经生活磨难的长了茧子的手给我的感觉就像一团棉花一般软绵绵的。

就这样，我们寻觅了好几天，经历了连续几次吐水走到了第九十九扇门，看到了写有"分辨真伪的九泉中站入口"几个字样的一扇门。门口，人们相互间说着什么，声音又温和又好听，我的心感觉到了一丝温暖。坐在门一侧檀香木桌子旁边的长胡子高大威武的男人两眼圆睁看了看我们，祝贺你们安全到达地狱第二扇门。你们谁先进去呢？他问道。我刚扶着巴德玛老阿妈往前走了几步，站在身后的铁木日西达木咬着牙，就像怒吼世代仇人一般大声吼道，宁晋巴雅尔，不能什么好事都让你先摊上。你就拿一个老人当挡箭牌有意思吗？西达木的话像是在我心中的怒火上浇了油一般，我气得真想回头给他一个响亮的耳光，但转念又想着刚离开人世来到地狱门口不能做这样有损和气的事情。巴德玛老阿妈看出了我生气的样子，说，孩子，地狱不分先后，你就让这个铁木日西达木先进去吧。

突然，棕狗龇着犬牙吠叫起来，咬了一口黑毛驴的腿根内侧。被咬了一口的黑毛驴嚎叫着，扬起尘土踢着棕狗。聚集在这里的人们在黑毛驴和大棕狗的撕扯中都闪到了一边。有的人生气地说，这些人到了地狱还不忘争夺芝麻小利，真是丢人。看了许久黑毛驴和棕狗热闹的高大男人忽然拍着前面的桌子，大声喊，地狱怎么能跟你们的阳界比？到了这里还如此放肆？都给我放老实点，要回答我的提问。他的声音就像雷声，让我的耳朵受到了很大的震动，眼睛像要迸裂出来一般胀痛。我看到在长胡子高大男人的喊叫声中人们的眼角溢着血。毛驴和棕狗的吵闹被地狱男人粗放的喊叫声压制得鸦雀无声，周围的人也收住了声音。铁木日西达木站到了我们的前边。长胡子男人用高傲冷酷的眼神看着铁木日西达木。铁木日西达木就像受惊的小鸟，战战兢兢地爬行到他的前面跪了下来，用颤抖的声音说，平民铁木日西达木喝醉酒被毛驴摔了下来，我是冤死的。被毛驴摔死就死呗，为什么还说是冤死的呢？在长胡子男人的吼叫声中铁木日西达木捶打着胸脯，说，站在我身后的那个老太婆叫巴德玛，她是个见钱眼红、自私自利的残暴之人。她在阳界的时候只知道溜须拍马屁，阿谀奉承，与邻居联手抢走了我用来保命的低保户资助金，过了几年舒坦日子。这个老太婆来到地狱我才重获了我本该得的资助金。站在她身后的人叫宁晋巴雅尔。他简直就是铁石心肠，不管别人死活，是用别人的痛苦当作自己乐趣的阳界魔鬼。活着的时候拿巴德玛老太婆当作自己的活菩萨，在背后说各种坏话将我的低保户名额抢给了巴德玛，还诬告我偷了他们家的牛让我蹲了几个月监狱。由于这件事情，我在乡邻面前抬不起头来，过着暗无天日的日子。我所经历的苦难只有上苍知道，虽然是牲畜，毛驴也知道。由于这个原因，我迷上赌博不幸从毛驴上摔下来，离开人世来到了地狱。他大声说着，还号啕大哭起来。

高大男人挥动毛笔记下他所说的每一句话，抬起像利刃般的黑长眉毛说，人就是为了还清上辈子所做的冤孽才投胎做人的。不吃任何苦难反而尽享天伦之乐只是加深自己的冤孽而已。你不知道廉耻是什么，来生你一定要投胎做一个看淡一切的聪明人。他嘱咐完赐予铁木日西达木和他的毛驴进入的权利。在地狱，毛驴和人的待遇是一样的呢。牵着毛驴的铁木日西达木很是满足地挺起胸膛跨过了门槛，在那一瞬间他就像个演员，显得那么雍容华贵。

巴德玛老阿妈蹒跚着走了过去，躬背站在檀香木桌子跟前，像是见到了自己信奉了一辈子的救世主一样跪了下来，尊贵的阎王爷请赎罪，平民巴德玛我一辈子没有做过一件坏事，没有伤害过一个生灵。只是没有生养自己的孩子，孤独终老一辈子。临老了，老伴先我而去只剩下我一个人，我下定决心不能成为任何人的负担。前几年村委会将我纳入低保户，国家资助了我，我从此住院不花一分钱，吃穿不用愁，过了几年舒坦日子。成为国家负担的老太婆有罪。说着，老人擦拭沿着她满脸的皱纹往下流的眼泪。长胡子男人再一次挥动毛笔一字不落地记下了巴德玛老阿妈的话，点了点头示意老人往里走。老阿妈蹒跚着走了进去，现在轮到领着狗的我了。我放慢脚步走到了高大男人桌子跟前，英明的阎王爷请赎罪，平民宁晋巴雅尔十岁时候偷吃巴德玛老阿妈家的苹果，在睡梦中来过一回地狱。从那个时候开始我改邪归正，努力过日子，四十岁以前被水淹死了。我说道。高大男人脸上出现了一丝微笑，用毛笔记录了下来，祝你往里去了之后能够选对自己要走的门。他对我说。我往里走了进去，下一个就轮到了尼斯克。高大男人将眼睛瞪得跟阿妈扬奶时候用的勺子一般大，大声呵斥道，外毛内肉的尼斯克你上辈子是个人，转世的时候投为狗类，早在二十几年前你就已经来到了地狱，为什么到现在还不前来选择门类，诉说自己清白呢？他大声问。尼斯克流下了眼泪，用人类语言说，尊贵的阎王爷请赎罪，尼斯克活着的时候主人不曾让我挨冻受饿养了好几年，为了报答主人的恩情，我努力地给主人干活，只是因一时嘴馋吃了毒肉，结束了自己的生命。从那之后，我的主人尝尽从毛驴上摔下来的痛苦。作为狗，我没能尽到做狗的责任，我决定在地狱等待我的主人，就算是最后一次也要为主人做个贡献来尽做狗的责任，从而在地狱等了二十四年。今天我没有任何怨言。高大男人记录着尼斯克的话，人类最忠实的伙伴尼斯克你好好选转世的门吧。说着他放尼斯克进来了。等我们得到了进入的权利，站在门旁的两位姑娘微笑道，九泉中站欢迎你们。说着她们把门打开让我们走了进去。

八

我们一进入中站，便传来山崩地裂般的声音，像地震一样将地狱震颤了一阵，有三扇门从天而降挡住了去路。左手边的门上写着"九泉终站还阳门"几个金色的字，门内侧一轮金日从山头挥洒着霞光，五颜六色的鲜花盛开，人世最熟悉的景色出现在了眼前。和风不时从门外吹进来抚摸着我的身体，我的内心涌出了回归阳界的欲望。只要跨过这个门槛，一定能重返阳界了吧？

中间的门上写着"九泉终站转世门"几个银白色的字，门内侧有七彩的迷雾，迷雾中央有浅红色的光，像是风中摇曳的叶子，也像是在召唤站在门口的人们。走进这个门会走向来世的。

右手边的门上写着"九泉终站地狱门"几个土灰色的字，门内侧散发着黑色的雾，传来牛马的哞叫声、狗的吠叫声和人的哭叫声等各种各样的声音，听了连死人都心惊胆战，头皮发麻。我看着这一切出神，从左手边的门那儿走出穿着一身白衣服的人向我喊着，宁晋巴雅尔，走这个门。我朝着那扇门走去，铁木日西达木牵着毛驴快步走向前先我一步要走进那扇门，站在门口的人制止了他，将要进来的人叫宁晋巴雅尔吗？生于哪年哪月？他斜着眼问道。铁木日西达木朝着守门的人点头哈腰，在下不叫宁晋巴雅尔，我是铁木日西达木……还没等他把话说完，门口传来一个声音，像狐狸一样使用阴谋，冒充别人想要走进这个门，是世人最下流的手段。你想要用这种办法混入这个门，我们会将你严加惩办。伴随着吼叫声，手拿钢鞭的四五个人就像一阵旋风似的出现在了门口，狠狠地抽打着铁木日西达木和黑毛驴，将他们撵了出来。这扇门是叫号进入的门呢。我这样想着，往前走了过去。铁木日西达木直直地跪在了我面前，抱住我的腿眼泪一把鼻涕一把地哀求着，宁晋巴雅尔，我的好弟弟，哥哥求求你了，你把这个机会让给我吧，哥哥有两个刚过十岁的孩子呢，就算不为我考虑也替我那两个可怜的孩子想想啊。哥哥知道这一生做了很多亏心事，我把靴子还给你。还阳之后哥哥一定会戒掉酒和赌博，会跟邻里们和睦相处的。我也会把巴德玛老人的土地全部归还给村委，哥哥要自力更生。我的弟弟就原谅哥哥，给我最后一个悔过自新的机会吧，可以吗？这时，黑毛驴的倔脾气也像是被风吹散了一般，停止了踢闹，耷拉着耳朵流着眼泪站在一旁。棕狗看到这一切，红着眼睛大声吠叫起来。

我是个见不得别人哭的人。看到铁木日西达木的可怜相，我心软了。世上哪有长生不老的人呢？虽然在活着的时候一塌糊涂，但来到了地狱，铁木日西达木大哥重新认识了自己，悟出了活着的意义，我怎么能不给他这个最后的机会呢？我在心中想着。

还阳的名额就剩一个了。宁晋巴雅尔，你快点。门口传来叫喊声。尼斯克，往一边去。我怔怔地看着铁木日西达木哀求的样子，制止了棕狗，清了清嗓子，大声喊，我就是宁晋巴雅尔，能不能让这个铁木日西达木代替我的名额，让他还阳呢？我刚说完，门口飞起一阵旋风不由分说地将铁木日西达木和黑毛驴卷了过去，同时大门被关了起来瞬间不见了踪影。看着这一切，巴德玛老人用颤抖的声音说，宁晋巴雅尔，我的孩子，你真是个菩萨心肠的人啊。说着，老阿妈用衣袖擦拭着眼泪。

我搀扶着巴德玛老阿妈朝着中间的那扇门走去。中间门喷射出将所有生灵吸引到娘胎里的阴阳白雾，穿着一身黑衣服的人从里面走了出来，叫巴德玛的人能走这个门，其他人要止步。他说。蹒跚着走在前面的巴德玛老阿妈听到这个声音，笨拙地回转身对我说，上天会保佑好心肠的人的。我的孩子，你放心吧。阿妈这就要走进终站投胎做人了。说完，老阿妈亲了我的额头，躬着背走了进去。跨进门槛的巴德玛老阿妈的背影由清晰变得模糊，由大变小最后成为一个黑点，消失在七色迷雾中。纳入巴德玛老阿妈的中间门发出轰隆声响被关了起来，像在昏暗的空中飘飞的雪花，慢慢盘旋着离开了我的视线。

<h1 style="text-align:center">九</h1>

俗话说：蛤蟆命运属泥土。我的命运属地狱，棕狗我俩最终还是逃不过下地狱的命。这时，"我不入地狱，谁入地狱"这个佛语闪入了我的脑海，但我不是佛，只是个吃五谷杂粮的凡人肉体啊，有几个人曾大大方方地入过地狱呢？

大门内侧再次传来鬼哭的声音，我的心禁不住颤了起来。现在，此时此刻，我没有别的任何选择了。不进入这扇门我还能去哪里呢？但接受这个命运的安排之前我在心中默默地祈祷着巴德玛老阿妈下辈子多子多孙，享受人间荣华富贵，还有我的铁木日西达木大哥还阳之后一定要改过自新。

一番祈福之后，我看向尼斯克。尼斯克流着泪围着我转，还悲伤地叫着。有我这样不争气、没能力的主人，我的狗也只能进入地狱门了。想到这一点，我的心犹如刀割一般，全身瘫软了下来。这时，我周围冒着白烟，地上喷出了清泉。都说地狱的一滴泪会流成河这句话是真的呢。尼斯克哀嚎一阵子，摇晃着尾巴来到我身边舔着我的手指头，再歪斜着头怔怔地看了我好长时间。我轻轻地抚摸着它的背脊，它围着我走了整整一圈，突然像个被扔出去的球，朝着地狱门跑了过去。我万分着急，使劲喊着，尼斯克，你回来。但它就像射出去的箭，跑到地狱门口站住脚，回转身朝着我蹲坐了起来。随后它像匹狼一样长嗥了一声，然后蜷缩住身体像水中的鱼儿一样跳进了烈火燃烧浓烟滚滚像火山爆发一般的地狱门。看着我的狗毫不畏惧地跳入地狱门的样子，心想着作为一个人我怎么能如此窝囊，毫无胆量和忠诚可讲呢，怎么能连条狗都不如呢！想毕我咬着下唇，嘴里喊着尼斯克，你等等我，你的主人过来陪你了。我就这样大喊一声后跳入了浓烟喷射的地狱门。这时，从地狱门那里传来雷鸣电闪的声音，下起蒙蒙细雨滴落在火焰上，发出沙沙声响。在那一瞬间，浓烟被清风吹散，漆黑的天空被什么划破一样走向两端，蔚蓝的天空从云层中露了出来。我来到了青山连绵，河流潺潺，百鸟齐鸣的另外一个世界。

跑在前面的尼斯克身上长出了翅膀，它扇乎了几下变成一只隼在我头顶鸣叫着转了几圈，而后直冲云霄飞了过去，渐渐地变成了一个小点。

看着尼斯克变成隼飞到了天空，我高兴地随着它跳跃了一下，瞬息之间一片祥云从我脚下将我抬到了空中。在习习清风中云朵轻轻飘舞，将周围点缀得分外美丽。我好像听到了巴德玛老阿妈经常唱的"天上没有不散的云霞，地上没有不朽的年华"，便朝着声音发出的方向走去，直冲云霄的隼重又回来用翅膀轻轻地拍打了我，我就像一片落叶往下坠落了。

我浑身酸痛。救命啊！

我被惊醒了。

原来，我躺在医院里。家人们全都围着我，被泪水浸湿，用焦急的眼神看着我。前来给我打针的护士看到我苏醒，说宁晋巴雅尔醒了。这时，从外面拥进来领着孩子的人，宁晋巴雅尔，托您的福，我的孩子……其中一人话还没说完先哭了起来。还有一个说，你不顾自己的生命危险跳水救出的三个孩子都毫发无损呢。

我没有精力顾这些，起身后第一个问，铁木日西达木大哥醒了吗？我的妻子说，自己差点没命了还有闲心管别人呢。她用责备的语气说着，他妻子过来看望你的时候说他昨天醒来了。虽然醒了但他动不动就学驴叫，还踢着别人，让亲人们乱成一团了。

听到妻子的话，我长长地叹了口气。唱着《天上的风》的巴德玛老阿妈苍老的双鬓，闪电般飞过的棕狗一拃长的柔毛在我的眼前闪过……

原载《潮洛濛》2020 年第 1 期

译于 2022 年

狐狸魇魅记

苏尤格 著

苏尤格 译

苏尤格

本名全福，译文笔名权夫。内蒙古大学教授，博士生导师，培养硕士、博士和博士后七十多名，出版各类图书四十六部。获国家级教学成果一、二等奖六次，自治区级优秀成果一、二等奖十二次。荣获"内蒙古自治区有突出贡献的中青年专家"称号。

一

听到大姨夫病情恶化的噩耗，阿妈不知所措，手忙脚乱地收拾些东西便领着我直奔大姨妈家。虽说他们的村子离我们村只有三五里地远，然而夕阳西下的灰暗使我有点害怕。"阿妈，太阳快落山了，干什么呀？"我有些胆怯地看着阿妈问。我妈攥紧了我的手腕，"说是你大姨夫的病情恶化了！"边说边跌跌撞撞地加快了步子。

赶到姨妈家时，里屋和外屋都点着昏暗的油灯。原先他们为了节约灯油，只在里屋点灯。而今晚三间屋子都有了灯光，这使我感到很意外。姨妈没有像以前那样抱着我轻吻额头，只是抚摸了我的头发便拉着阿妈走向彼处，边说边抽泣。

我们走进里屋时，有位花白胡子老者坐在北炕边上慢慢捋捋胡子，"唉！准备后事吧，大概……"他长叹一口气。我看见大姨夫时，他靠北炕左侧紧闭双眼躺着，身上盖的棉被时而一鼓一鼓的，发出微弱的喘气声。稍许，他那弯弓一样的胡须的两头一翘一翘的。我想起抓挠他胡子玩儿的往事，心里有些平静了，只觉得"姨夫他睡着咧"。奇怪的是他那古铜色的脸庞消瘦了许多，两个颧骨更加凸起了。

在满屋的人群中，除了我几个表哥外，我还认出了在班级里总和我争第一名的孟根莎同学。当我俩耳语几声，手拉手正要挤出人群时，刚才那位白胡子老头突然摔碎大碗，挥动苏缦哈达①高声念起"福禄吉祥呼瑞、呼瑞！西南大道——奔向巴拉布圣地，跟随释迦牟尼佛祖，呼瑞、呼瑞、呼瑞！"的引魂指路词。

哎唷、咿呀、苍天啊！……一阵阵悲哀声直冲房顶沙沙作响。这时我妈伸过手来把我拽过去，在姨夫炕头跪下。众多人忙于敬洒鲜奶、白酒，檀香、熏香味儿扑鼻而来，只有我紧挨着阿妈跪在那儿。突然觉得背后有人在拽我，扭头一看原来是孟根莎。"这家伙可排到了我后头了"，一个闪念使我有些得意。他满脸泪痕，觉得有些难看。

我妈用从家里带来的黄油点燃长明灯，摆在姨夫头顶处并嘱咐我："好好守着，不能熄灭！"随即关照我大姨妈去了。人们慢慢从里屋离去忙活后事，唯独我一个人留在姨夫遗体旁，守着长明灯。

黎明前，把姨夫的遗体从热炕移向南窗外的木板架子上，旁边备放着棺材。他们把长明灯移放到窗台上时，我也跟着站到它旁边。为了让屋里清凉一些，已经停了火。过了一会儿我感到有些凉，正在这时阿妈拿来一件皮坎肩给我穿上说："儿啊，守好长明灯！据说'鬼神都惧怕外甥'咧！要守三天噢！"说着给了我一个带蓝点的馒头。

三天之后，要把姨夫的遗体请到山里安葬。来了十八名抬棺材的小伙子，其中有我大哥，并且扛起了最前头的杠子，这使我激动不已。我把长明灯放到灯罩里抱着，跟着阿爸先到了墓地。

———————————

① 苏缦哈达：为引魂用的折叠成箭状的哈达。

抬棺材的人们一路不停地小跑过来时，我却看到了孟根莎举着玛尼幡走在前头。我很惊奇地说："他凭啥举起我大哥写有唵嘛呢叭咪吽六字真言的引魂幡了呢？"阿爸解释道："孟根莎是你姨夫的亲侄子，今年正好八岁，相生！恰好有举幡引魂的缘分。"

"阿妈为什么没来？"我瞅着爸。"祖坟地，不让女人来。这是老规矩。"阿爸毫不在意地说。"这长明灯不也是我阿妈给做的？！"我心里很不服气。

那白胡子老头仍然反复念诵着"西南大道——奔向巴拉布圣地……呼瑞，呼瑞！"的引魂词，嗓子都有点沙哑了，这不禁使人更加悲痛几分。在"下雪了——好征兆，好运气！"等吉祥话的回响中，寒秋的初雪铺天盖地飘下来，不久整个牧野变成一片白皑皑的雪原，真干净。风雪卷起七珍八宝祭品的飘香，穿过云层愉悦苍天。或许天地动情，万物感应，不少人打起喷嚏来。

愿天父保佑

领回骄子吧！

愿地母开怀

搂抱爱子吧！

上苍各神灵

打开天门吧！

下界诸圣仙

送徒上路吧！

呼瑞，呼瑞

奔向净土吧！

……

白胡子老人的祭颂词跨上雪野劲风，每句话都化作虔诚的誓言，渗透到前来墓地的人们心田里。老头用十三叉鹿角从墓穴外头画好圆圈大声喊道："请临时逗留在这儿的诸神灵开恩吧，这里的真正主人奉上天的旨意前来此地了！请你们选好山阳水阴的温暖处享乐去吧！征地了，领地了！呼瑞，呼瑞！"同时敬洒鲜奶和白酒。抬棺材的小伙子们，在老人的指挥下，在"嘿呼吧，嘿呼吧"的均匀和谐的节奏中，将棺材安放到墓穴里。

我表哥在大银碗里斟满酒，向抬棺材的十八名青年依次敬酒。同时在洁白的哈达上敬放"硬熟饲"①——砖茶和两瓶酒，送给他们。小伙子们非常激动，挥舞铁锹"嘿呼吧，嘿"地合力培土，眨眼间矗起了毡帐大的青冢。听他们说，我大姨夫的灵魂乘骑烧纸熏香的缭绕青烟，飘然升了天。大家齐声喊着"回天庭了！回天庭了！"的吉利话，像风来云开似的四散而去。

二

大姨夫的后事办得很体面，院子里也搭起暖棚摆放了十几张酒桌。家里的主桌上坐满了三亲六故德高望重的老人们，愁容满面，无声无息地吃"白喜"。这时白胡子老头举起酒杯高声说："祝愿奔向天堂的，一路顺畅；留守家园的，万事吉祥！"一声安慰辞，却引来了众多亲人的悲痛，哭声号声不绝于耳。我急忙找阿妈，跑到东厢房时看见她陪伴大姨妈低声聊着"后事办得挺好"之类的话。

院中酒席上的几位年长者，好像连饮了好几杯酒嗓音有点升高，正如民谚里所说"三叉惊跑水中鱼，烈酒催发心里话"，毫

---

① 硬熟饲：祭祀用的牛羊肉叫"熟饲"，砖茶、酒之类的祭品叫"硬熟饲"。

无顾忌地扯着嗓门瞎喊：

"哎！正碰上本年——花甲子轮了一回，也行！"

"是个好汉，好猎手啊！如果少杀生，也许还能多活几年咧。对吧？"

"连续三天三夜追踪尾巴发白的狐狸，到底还是杀掉了。可是那家伙临死还喊着'要报仇呀！'的，魔魅了吧？"

"细毛细绒的禽兽，不敢魔魅我们！"……

听到他们如此肆无忌惮地议论我所崇拜的大姨夫，难免有点生气。我就冲他们使劲喊："你们不要散布迷信！"

有个黄胡子老头站起来训斥我，正在这时我表哥走过来向他们敬酒。他是该生产队的队长，因此那些喝高的老头们有所收敛了。实际上刚刚走向公社化，正在扫除迷信之类的旧风俗，所以这次办后事也没请喇嘛和萨满。虽如此，居然还有人散布什么"狐狸魔魅"之类的流言，真可恶。我挣脱了表哥的手，气鼓鼓地独自回家了。

一路上回想着大姨夫点点滴滴的诸多往事……

说他是个"出色的猎人"，不错。他不是常年打猎，只在冬季下雪天才出猎，然而总是一个人骑上马领着几只猎狗，独自行动。我跟着阿妈初次来到他家时就看见院子里有七只猎狗，着实吓人。大姨妈说："孩子，猎狗不咬人！"往来几次，姨妈总重复着那句话，使我有了点勇气，慢慢与那些狗交上了朋友。

有一年冬天很冷，我们来到大姨妈家时在她西炕上铺好羊毛毡子，上面蹲着七只猎狗。那些狗虽然有牛犊那么高大，但是稀毛长腿，看起来好似赤条条的。尤其那个被誉为"火鹰"，脖子上戴着红缨的狗"头领"，比起其他的狗长出半尺，追赶猎物时与地面平行一伸一跃，犹如山间野火喷射的火焰一样。

我阿妈常说，大姨夫年轻时就有猎瘾，到了中年已备齐了猎人应有的"三件宝"——月牙枣红马、沙枪（猎枪、火枪）和猎狗。一旦下雪，那些狗好像听到了"砰！"的一声信号枪响，冲动不已；那月牙枣红马也四蹄刨地，绕着马桩频频长鸣。当我大姨夫全副武装——戴上狐皮帽，斜背沙枪，腰间交叉插上铅头布鲁棒①和扁头布鲁棒，脚蹬毡靴吱吱地踩着新雪雄赳赳地走向马桩时，它们犹如萨满翁衮②附体，欢腾、雀跃。

姨夫刚刚上马，那火鹰就带领其他两只猎狗蹦到马前嗅嗅猎物遗味和足印，其余四只狗在马后排成两列小跑。每当看见这一情景，我与那些猎狗一样激动不已。在我眼里大姨夫如同达林泰胡尔奇所演唱的蒙古族英雄史诗里的格斯尔、江格尔一样战无不胜。有一次，我跟随大姨夫后头追了半里多路，他看见后跳下马来抚摸着我的头发慈祥地说："孩子啊，等你长到八岁后姨夫会领你打猎的！"同时和我拉拉钩打发我回去。"唉！我今年正好八岁，秋季开学时跳了一级升到三年级了。可是……初雪已过，然而我姨夫……"想到这儿，我浑身发凉。

有一年的腊月二十三日，我阿妈打扫完自家的"旧年的灰尘"，赶紧领着我帮大姨妈打扫陈年灰尘去了。刚走进大门就发现满院飘着雪片一样的兔尾巴，野鸡、沙鸡的羽毛。今天姨妈赶在我们前头已把旧尘埃扫除干净了。那些飘飞的羽毛之类的灰尘，可正是大姨夫这一年猎运好的物证。阿妈曾经说过，原来姨夫有个习惯，把打来的野兔尾巴夹到椽子后头，将山鸡沙鸡的羽毛塞进哈那③眼里，以示猎运好。小年这天，我亲眼看见了姨妈放飞的漫天飘舞的色彩斑斓的羽毛，从心眼里更加佩服大姨夫。

进屋后又发现卧室的门两侧门楣处镶嵌着一对公黄羊角，当

---

① 布鲁棒：狩猎的短木棒猎具。

② 翁衮：蒙古语音译，意为"神偶"。蒙古族萨满教神具之一。

③ 哈那：蒙古包毡壁的木质支架。

作挂钩用。右边的挂钩上挂着沙枪、布鲁棒、套索和衣服；左边的挂钩上挂着四只整剥的狐狸皮。阿妈看都没看一眼，指责姨妈快到六十岁的人咧，还敢独自打扫房子。姨妈满不在乎地说："不要为这事儿抱怨咧。你是个手巧的人，把这四张狐狸皮拿去，给我做四顶帽子。手工钱嘛，没有。节余了归你！"阿妈从不违背我大姨的话，就说："趁太阳还没落山，赶紧回家哟！"顺手拿两张狐狸皮让我拎着，剩下那两张夹腋下披着晚霞回家了。

阿妈有个老习惯——过年前"熬夜"，给我们赶制新衣服。今年动手早，半个月前我们都有新衣服了。因此，阿妈正在灯下设计着那四张狐狸皮。"把小腿皮拼缀好缝到帽后，花纹好又省料；尾巴缝在帽檐上，毛梢太热伤眼……"说着看大舅一眼。大舅是为了给阿妈解乏，每当她熬夜时坐在灯旁给讲故事听。他点了点头表示赞成。阿妈放心地拿起剪刀即刻就裁剪好了。因为我也爱听故事，所以在火盆里给大家烤土豆吃。

熬了两夜，阿妈缝制好了六顶皮帽。其中四顶帽子如数交给了大姨妈；因为大舅讲故事有功给了一顶。剩下那一顶，阿妈一声不吭地放进柜子里。我想那一顶肯定是我的，因为我也烤土豆有功哟。大舅回家后阿妈抚摸着我的头发说："儿啊，那一顶是给你爸的。一个羊倌，整天在野外跟着羊群跑，受冻挨饿。再说这是火狐皮，是你大姨夫在三九天猎获的，毛梢毛尖火热热的，对小孩视力不好！"说着说着便伸手拿出一顶崭新的羔皮帽子给我，并在我额头上亲了一下。

缝制狐狸皮帽的那一冬天特别寒冷。大年除夕的前一天，大姨夫怕我们受冻送来一车干树墩、干树枝等"硬柴火"。虽然他弯弓般翘起的胡子上结了冰霜，但是由于戴着阿妈给缝制的狐皮帽子，顺着他额头直流着汗。大姨夫顺着院墙将车辕往上一推，哗的一声卸完了车。快捷又利落！

我高兴地拉着他的手进屋时阿妈才发现，一时不知所措手忙脚乱的。原来由于天太冷窗户玻璃上结了厚厚的冰霜，门也关死了，阿妈正忙着收拾两只沙鸡给阿爸当下酒菜。前天的大雪中为了活命，有一群黄羊和野鸡看见我们院子里一片给羊群喂草的"黑地"，就从白皑皑的雪地跑到这里来。阿爸为了弄到一些下酒野味，想整掉一只黄羊，却被阿妈劝住了，给了他撞玻璃窗户死的两只沙鸡。阿爸配合阿妈拿草料喂养这些野生，待天晴后送走了。大姨夫听了高兴地说："对呀！虽然我有猎瘾，但是坚守猎规，从不随便杀生。那些黄羊把你当成活佛，逃命来到你院子里，可你想要它们的命，这不是法轮转错了嘛！哈哈哈……"他笑得很爽朗，并叫我去拿挂在车辕上的两只野兔。

酒桌上，阿爸为了助兴半起身说："嘛，谢谢你送来的硬柴火，敬你这动物、猎物的活阎王一杯！"姨夫捋捋胡子说："说啥？我从来不是什么活阎王！所以你这杯酒不敢接哟！"阿爸赔笑着说："这是夸姐夫猎运好！"大姨夫扑噗一笑说："夸也罢骂也罢，就算是酒话——没事。但有一条：'动物'和'猎物'完全是两码事。我对那些珍禽异兽比你还疼爱有加。入我视线的那些所谓'猎物'，全是老弱病残，而且都是雄性的！我不杀也会掉入老狼嘴里的。请问老弟，会有这样的'活阎王'吗？"

"还能分清逃命的野兔、野鸡、沙鸡的雌雄吗？"阿爸开玩笑说。大姨夫哈哈大笑说："想难住你姐夫？"他压低了嗓门，"羽毛发光，身材稍长且壮实的，具有绅士风度的都是雄性的。正像我们俩——美髯公，漂亮着咧！"说着和我爸碰了一杯。"把那些野兔野鸡捧为什么'野味'什么的，其实……"还没等阿爸说完，姨夫就抢着说："把那些小玩意叫作'地里虱子'。多了，就成为牧草的祸害。不清除掉害处大咧！"

他们正在闲聊时阿妈已收拾好那两只兔子，将其中一只在火盆上用那硬柴火滋滋地烤好了端上来。"烤肉撕着吃才香呢！"姨夫说着顺手撕下一条后腿给了阿爸。满屋散发着油烟的野味，压住了酒香……

我直到家门口仍在怀念着大姨夫。他那健壮魁梧的身材，开怀大笑的直爽性格，从不惧怕任何事物的胆识，就像史诗英雄一样令我五体投地。当我静下心来仔细观察四周时，却发现从院门到草地的那几百步的黄土路上，似乎在雪光下斑斑点点地出现不少猎物足印。这使我顿时感到大姨夫刚刚骑着月牙枣红马，领着几只猎狗从我家院门前踏踏踏疾驰而去。那一股熟悉的气味和悦耳的马蹄声，催我泪下，不由得跺脚、大声呐喊。

三

掌灯时分爸妈回来了。阿妈拿来一些白喜"福分"，热好了叫我吃。我无精打采地坐着不动。"就吃点儿也行，这是你大姨夫的寿德！"阿妈说。为了应付，我随便吃了几口，便收拾起书包。

阿妈给我铺好了床，便低声说："福宴上为什么跟那些大人吵起来了？要尊重老人哟！"我掀开被子说："那老头污蔑我大姨夫，说是'狐狸魔魅的'呀！"气得把枕头扔了。

阿妈捡起枕头低声说："那是迷信！谁也不信。""我也这么说的，可是那几个老头呵呵哈哈地嘲笑我。那黄胡子老头还呵斥我'住嘴'！"我很委屈地说。阿妈抚摸着我的头发没吱声，眼里滚动着泪水。啊！难道真的被狐狸魔魅了？

阿爸有点生气。问我："那黄胡子老头又胡说啥了？"我断断续续地说："大姨夫在冰天雪地里追踪那两只尾巴发白的红狐狸，三天三夜没能追上。当第三天傍晚走进被废弃的一间瓜棚时，发现有戴着稻草凉帽的老两口子……姨夫一见它们就晕倒了……说是那老两口子就是被姨夫追踪三天三夜的千年狐狸精……"阿爸听了胡子两头一翘一翘的，犹如拉牛角弓。他把烟斗狠狠地往靴底敲了好几下，吓得我心里惴惴不安。

阿妈问："哪个黄胡子来着？"阿爸拿烟斗指指点点，狠劲儿说道："就是那个喊了几年'我姥姥要附体啦'的所谓'白鹰'的信徒——假萨满呗。老家伙！"我迫不及待地大声反问道："什么萨满、白鹰的！那狐狸到底魔魅大姨夫没？狐狸精临死前喊没喊：糟老头！我们一定要把你，连你的火鹰一起收回去的！"阿妈稍有心惊，手有点哆哆嗦嗦地给我盖好被子说："不要信那假萨满的话！听说他姥姥倒是个挺有名的女巫，算命、接生、请神、跳萨满舞样样都会。大伙儿称她为'鹰妈妈'。说是白鹰附体什么的……"说完赶紧捂了嘴。

嗨！什么红狐、白鹰的，到底咋回事了？我有点迷惑、伤感。我用棉被盖住头翻身过去，使劲踢墙。这时好像隐隐约约地听到阿爸小声说，"给学生说什么狐呀鹰呀什么的……不是说狐鹰之类的细绒细毛禽兽，向来不魔魅或附体我们的嘛！"他们俩压低声聊着什么，走进外屋。

过了好一阵子，阿妈才过来喃喃道："会憋气的！"说着把被子往下拽，抚摸着我的额头解释道："……你姨夫渴得实在受不了才进了那瓜棚，想能喝上什么的。不料意外地发现那两只狐狸正藏在稻草底下。你姨夫不太相信自己的双眼正在仔细查看时，那火鹰嗖地蹿上来，轻轻地咬住那雄狐狸的脖子（训练有素的猎狗，为了不咬破猎物的皮毛从不死咬）摇动时，其他几只猎狗围住了瓜棚把那两只狐狸全逮住了。就是这样！"

"不是说被那两个狐狸惊吓着得病了吗？"我坐了起来。我阿爸哈哈大笑起来说："你姨夫是面对闪动着一拃长的四颗獠牙，狂奔而来的五百多斤重的公野猪都毫无惧怕的大英雄，难道还害怕那不到十几斤重的娇小的狐狸不成？"我有点兴奋，挪到炕边，向前靠着阿爸："什么？给我讲讲这个故事好吗！"阿爸说："听完了赶紧睡，明天还要上学。不是误了几天课嘛！"我点了点头。

阿爸点上烟说："你刚出生的那年秋天，全村的看家狗都围着一群正在祸害苞米地的野猪，它们只是汪汪地吠叫，还有两只小狗被那公野猪咬成两截。实在没辙了，就给你姨夫送信去了。他立即扬鞭策马赶来与那野猪展开了搏斗……"

"那咋样了？"我抓住阿爸的手腕问。阿爸发现我恢复了精神，放心地清清嗓子说："起初，你姨夫用沙枪打了几下——没门儿。那家伙甭说是沙枪，连火枪子弹也打不进去！……"

"为什么？为什么？"我急不可待地催促阿爸快讲。阿妈解释道："野猪，从夏天到秋天吃橡子，躺在泥塘里纳凉；出了泥塘又到松树下往松香上蹭身子。蹭来蹭去浑身溜光铮亮，子弹打到身上就滑溜下来。"阿爸接着说："这时两只猎狗跑过去想咬住它的喉咙，但是由于那野猪的脖子太粗大，张开的狗嘴收拢不了活活地被野猪撕成两半……你姨夫眼看着心爱的两只猎狗被撕烂，一下子怒发冲冠，嗖的一声从马背跳到猪背上，眨眼间拔出腰间的短刀，从野猪的喉咙直刺到心脏……"

"喂呀呀！"我跳将起来。"屁股，露了！"阿妈拽我坐下。我在床上一拱一拱地坐不住了，大声喊："不是说子弹都打不进去吗？短刀咋扎进去了，啊？！"阿妈说："野猪往松香上蹭身子时，只能蹭到左右两侧，蹭不到腹部和喉部。所以，能从喉咙处扎进刀的！"解释得使我口服心服。

"这一来，你姨夫'英雄猎人'的光荣名号传遍全苏木。之后的多年里野猪群也没敢来，庄稼院落都太平无事。"阿爸说着两眼发出了自豪的光华。我也是第一次这么详细地听到大姨夫的英雄事迹，心里更加崇拜。可又对那五百多斤重的公野猪感到浓厚的兴趣，就问道："那庞大的公野猪真有五百多斤重吗？你们咋知道的？"阿爸说："我赶牛车拉回来的。它的头部顶着车辕，后腿下垂到地面。肉分给两个村子一百多户人家，每家都分到了五斤还有剩余。估计是五百多斤咧！"我兴奋地说："那不会是英雄史诗中的'疯狂的红色宝通（公野猪）'吧？"阿爸也很得意地笑着说："不是'疯狂的红色宝通'也算是个'凶猛的棕色宝通'吧！驮着你姨夫把玉米地踩踏成泥浆，又向博格达山狂奔二里多。把你姨夫的牛皮靴筒都蹭磨烂了才倒下……真让人毛骨悚然！"

我放不下心就问道："大姨夫咋弄的才没掉下来呢？"阿爸解释道："用左手死死地抓住鬃毛，右手横握扎进心脏的刀把，两腿夹住肚子，这才没掉下。"过了一会儿又补上一句，"我去把他从猪背上拉下时，抓鬃毛和拿刀的手都郁结不展了。把手指头一个个伸开时都有些僵硬了……唉！真是个好汉哟！"

我非常激动，想要继续问下去。刚一张嘴阿妈就过来强迫我躺下，命令似的说："嘛嘛，行了。守了三天长明灯的人，累了吧？明天又要上学，早点休息！"

多么引人入胜的故事呀！正像胡尔奇大叔演唱的英雄史诗一样，时而让人心惊，时而使人开心。那些红狐、白鹰、灰猎狗、棕野猪，将人们的生活用灵云覆盖，又把你从如痴如醉中引诱到神话世界里，居然与那些神人灵物手拉手地周游神界。然而，有些激动人心的事竟然发生在我姨夫身上，如此奇妙地渗透到我的心灵，只觉得在我心田里仿佛有什么幼苗发芽，使我惊愕又冲动。我反复品尝着这里的七情六味，不一会儿就被几天以来缠住我的瞌睡虫拽到了。在半睡半醒中我又看见了大姨夫骑着马、领着一群猎狗出猎的背影。我紧跟着他后头大声喊："大姨夫！我已经八岁了！你不是说过，八岁就领我出猎的吗，啊？！"……

四

正月十四日，大姨妈来我们家和阿妈商量着如何给大姨夫做百日超度之事。姨妈说："唉！咋说也是从年轻时就开始打猎杀生。我总觉得请喇嘛念经超度超度会好些。"阿妈说："正在筹办成立人民公社，这时往寺庙跑念经什么的，有点不合适吧？"姨妈有点疑惑地说："不至于吧？"阿妈说："我们村有个疯吃婆犯痴癫说了'喇嘛，佛祖三宝'，被生产队长训斥一顿。'新社会了，还喊什么喇嘛喇嘛的，啊？！'咳，是个疯癫病人有啥？"

姨妈笑着说："那么，疯癫话该怎么说呢？"阿妈反问道："不知咱妈——孩子他姥姥咋犯癫的咧。"姨妈想了片刻说："好像是'天哪''佛祖呀''上帝呀'之类的话呗。"阿妈："听说成吉思汗经常祝祷'上苍啊''天父啊'的。'喇嘛''上帝'之类的祷告词，好像是后来加的。现在已制止'喇嘛'之类的话了，更别提要请喇嘛？唉，说不准了。"说完摇摇头。

"我们村子有个居士喇嘛，开药、念经都会。实在不行的话悄悄地请他来，念一场超度经怎样？"姨妈仍在坚持。"您大儿子可是生产队长哟，走漏风声可麻烦着呢！"阿妈有些担心。

他们不吭不哈地闷坐了许久。最终还是阿妈先开口说："实在不行的话，我们把供品送到他家里，让他念经，不用法鼓法铃什么的……"姨妈听着扑哧一笑说："就你鬼点子多！"并点头同意。

我有点不服气地说："姨夫没做什么孽！念经呀、送什么鸡鹅羊的，太可惜！姨夫说除掉那些野兔野鸡之类，是为民除掉'地里虱子'，是善事，不是什么杀生。再说了，那些野兔在春天刨草根吃，破坏草场！"我说完瞥阿妈一眼。

"我知道这孩子总是护着他姨夫。他姨夫也经常很自豪地说'我只不过是享受老天爷的恩赐，从来没做什么孽'。又说'黄羊群是投机分子，牧草长势好，它们就跑过来跟牛羊争水草，有时把小溪喝得断流；遇到干旱年，它们就逃之夭夭，是个讨厌的东西'。很不喜欢它们。"姨妈说完长叹一口气。

"我姨夫是个英雄好汉，是往野猪心脏捅进刀的功臣，而且他说得都在理。该自豪！"我刚说完，姨妈突然想起什么，把手伸进怀里拿出狼牙项坠给我戴上说："你姨夫有遗言，说是把它送给你。并祝你像狼一样勇敢、胆识过人！"说着嗓子有些沙哑，频频抚摸我的头发。

我戴上狼牙项坠后真有了点勇气，说："姨妈，把那火鹰送给我吧，我领着它……"没等我说完姨妈就流出眼泪说："唉！那火鹰守着你姨夫的坟墓趴那儿七天七夜，陪伴走了！"阿妈失声"咿呀！"犯愣怔了，把我吓得不知所措。

"要是给我说了，我当即就给它送食送水，这样不就救回火鹰了吗？"说着，我顿足惋惜。姨妈说："吃的喝的都送了，也送了些猎物肉。就是不吃嘛，真作孽呀。也许这就是对主人的忠诚……"

阿妈沉默了许久，她轻轻地按摩着心窝儿。我眼前反复浮现火鹰贴近地面一伸一拱，犹如离弦的火箭一样追奔的英姿，令我心碎。

外边呜呜地响起风哨。在风雪中，我似乎又听到了大姨夫呼唤猎狗，从我家院门前头疾驰而过的熟悉的马蹄声。同时也伴随着阵阵的寒风暴雪唰地扫过窗纸的疯野声，使人不寒而栗。

"唉！如果火鹰还在的话，肯定把那些狐狸精全都撕烂掉！"我有些灰心地说。姨妈听了非常惊奇地问阿妈："这孩子说啥呢？"阿妈稍加思索后才概括地给她讲了那黄胡子老头说的"魔魅"之类的流言。姨妈长叹一声说："唉，你姨夫从那个瓜棚出来之后，给自己的猎狗舔食了狐狸血，恢复了体力。而后自己走到山口处的'锅井①'喝了几口发霉的水，中毒了。那水原来是沉积在头盖骨里的毒水！回到家里就开始吐绿水，只吃了几天药，可怜的！就是这种命呗……那黄胡子老头也已经走了，我怎敢瞎说呢……"

阿妈急忙问："什么？那黄胡子老头也……"姨妈郑重地说："去年冬月，说是他姥姥的圣灵来了，要附体外孙身上。又说是有什么相克物……"说了半截，姨妈很小心地停住了。

"莫不是那个'鹰妈妈'来了吧？"阿妈有些神秘地压低声音说。"也许吧，那黄胡子老头为了让她附体，跳了七天七夜的萨满舞，最后去了金色兴安岭十三座敖包了！"姨妈用眼角瞥了我一下。

我问道："那老头去兴安岭干什么呀？"阿妈只是微笑着。姨妈说："我们这儿的旧习俗，把萨满离世都说成'去了兴安岭十三座敖包'。那儿隐居着萨满的祖师爷胡波格泰②——说是在常青的松柏树茂密的枝叶间打起金架子，诵读他的'无字经'呢！"紧接着补上一句，"这是萨满传说，不是真事儿，你可别信，孩子啊！""我才不信！"我满不在乎地说。接着我就学着那黄胡子萨满唱道：

---

① 锅井：只有饭锅大的一锹深的水井。

② 胡波格泰：蒙古族科尔沁萨满祖师爷的名号。

将那黑色的乳牛圈好没

牛圈和羊棚都建固了没

哈吉尔腾格里要降临了

跪在门前迎候你耶嘛嘿

将那棕色的乳牛圈好没

院门和棚门都关好了没

护理金①腾格里要降临了

跪在地上迎候你耶嘛嘿

……

　　我唱完后自豪地解释道："我去年夏天唱这首萨满《请神词》时，老师把我叫到他办公室说'以后别这样唱着玩，那是迷信！'"姨妈和阿妈看着我学那萨满频频眨巴眼睛蹦来蹦去的傻样，忍不住笑出声来。姨妈向阿妈努努嘴说："是迷信！我们不信仰萨满，只信佛。所以才商量着念经的事……"声音小得几乎在嘴里私语。

　　"快到饮猪的时辰了，早点准备吧！"阿妈说着进了厨房。我心里想，"信佛算不算迷信？唉，比算术题还难咧！"正在疑惑时，预先备好的正月里饭菜的香味从厨房扑鼻而来。这时从外边也传来阿爸的"请大家圈好羊吧"的告诫声。我迎上前去时发现阿爸背上的毡袋子里，有两只小羊羔探出头来咩咩地叫着。"多么可爱的小家伙儿！"我跑过去接下羔。阿爸把羊群圈好后说："拿进屋里暖和暖和。估计是村东头你那个唠叨大嫂的羔，快要下崽的母羊也不好好关照点，随随便便就放出去了，咋过日

———————————
① 护理金：蒙古萨满东方四十四尊腾格里之一。

子呢!"阿爸摇摇头进了屋。

吃晚饭时阿妈对阿爸说:"我们正在商量着明天——正月十五日,把供品等送到居士喇嘛家里,给姐夫念一场百日超度经。"阿爸问:"是那个希儒嘉措嘛嘛吗?"阿妈点了点头。"那就不成了!"阿爸说着呷了一口酒。"咋了?"阿妈有点着急。阿爸低声说:"从大年初一以来,那嘛嘛就在自己家给好几家人念了什么《祝颂经》,被扣上'宣传迷信'的帽子,押到公社劳改呢。"姨妈听了非常遗憾地长叹一口气说:"本想消除孽障,超度超度。这倒好……"姨妈说着放下了筷子。

阿爸考虑到姨妈虔诚的心落空了,心里也很同情,便把酒杯一推。然而,出于他向来不怎么理会鬼神祸福之类的性格,很不在意地说:"有什么罪孽可说的!他是个铲除'地里虱子',消灭骚扰家畜的狐狼之类的大好人。到如今,看看吧,哼!"说着便把手伸向酒杯。"如今,如今怎么了?"阿妈有些疑惑。"姐夫升天后的这三个多月,没人打猎。你看看那些狐狸呀、黄鼠狼呀都成精了,吸吮各家的鸡血,撕剥皮肉,祸害百姓。我们这个山村缺啥也不缺野生动物,光听那些地名、村名就能猜出一二来——什么山猫坡、水獭沟、旱獭梁、野猪岭、骚鼠谷、黄羊甸……多得很!"阿爸说。接着简短地讲了些东北农家村的鸡鹅,接二连三地被狐狸和黄鼠狼吮咂血浆、撕剥皮肉的实例。

"我们的牲畜没事吧?"姨妈有所不放心地问。阿爸说:"那可说不准哟大姐,今天就有两只狼尾随我羊群,频频向羔羊扑来。我正在拿套杆驱赶它们时,牛群里的三只猎狗闻讯赶来才把它们给撵跑的。要不然……唉!"

"以后该领狗放羊好些!"阿妈有所担心地说。或许阿爸也有这种想法,稍稍点头并向姨妈举杯:"如果可以的话……临时借来姐夫的两条猎狗……"磕磕巴巴的像是哀求。姨妈叹一口气说："头几天，你姐夫住在博格达山的堂弟来，说是'羊群里扑入狼，实在不得了啦'！说完把剩下的三只猎狗都牵走了。"

"咿呀！"阿妈不禁失声惋惜，但谁也没吭气。咳！真糟糕，围猎、出猎这一行当，难道跟随大姨夫走进坟墓里了不成？我非常困惑。估计姨妈的"百日超度经"落空了；阿爸的"借猎狗"之事成了泡影；阿妈在他们之间左右为难，不知所措。在这一片惋惜、遗憾和喟叹声中，我支支吾吾地问道："大姨妈，月牙枣红马还在呢吧？"过了好久，姨妈说："给公社入股了。听说送到东村农业队剪掉鬃毛和长尾巴，套车用呢……"说完抹起眼泪。一瞬间屋里骤然变凉，也没品出饭菜的味道，大家都把碗筷放下，沉默不语。

外边一片漆黑。呼呼的寒风发出喉音，噗的一声吹灭了院子西南角旗杆上的红灯笼。阿妈为了安慰姨妈，往她盅子里斟满了酒说："不是说'佛在心中永驻'吗？我们为在心中的佛虔诚地祈祷，无异于诵经念佛了吧！"想让姨妈高兴些。姨妈刚举起酒杯，突然，外边群鸡咕嘎的惨叫声、羊群的惊跳声和棚圈上铃铛的叮铃铃声交错而来。阿爸生疑地说："不是来狐狸就是来黄鼠狼了！"随即身穿皮大衣脚蹬靴子，抓起铅头布鲁棒就跑出去了。

我们正在心神不定地等候时，阿爸在布鲁棒上挂着被咬断喉咙的一只鸡和两眼被鸡抓瞎蹬腿死去的狐狸进来，扔地上。我吓一跳——虽然听说过狐狸经常吸食鸡血，然而今天才亲眼看到了。我上前仔细观看了这一龇牙咧嘴、娇小神灵的神话英雄，脑子里有所醒悟。"哎！连公鸡都抵不过的家伙，怎会魔魅人呢？！"这么一想，久久在心里纠结的疙瘩，慢慢被解开了。

原载《花的原野》2016年第12期

译于2021年

鬃毛苍狼

扎·宝音德力格尔 著

孟和其其格 译

扎·宝音德力格尔

诗人，作家。1962年出生于内蒙古锡林郭勒盟正蓝旗。曾获内蒙古自治区文学创作"索龙嘎"奖，鲁迅文学院三十一期高级研修班学员。上世纪八十年代开始创作诗歌、散文、小说等。出版多部图书，部分作品入选中小学教材。中国作家协会会员，中国少数民族作家学会会员，内蒙古作家协会会员，内蒙古公安作家协会会员，锡林郭勒盟作家协会理事。

孟和其其格

本名永花，《民族文学》杂志社少数民族文字版主任兼蒙古文版编辑，副编审。毕业于中央民族大学蒙古语言文学系，文学博士。曾在日本国立民族学博物馆留学。2019年获得"全国民族团结进步模范个人"称号，2021年获2020年度"中国作家出版集团·全国文学报刊联盟"的"骨干文学编辑奖"。从事散文、评论创作，有合著《伪满洲国蒙古族文学研究》和译著《我们的大冒险》。中国蒙古文学学会第六届理事会常务理事，中国蒙古学学会第三届理事会理事。

鬃毛苍狼是靠偷袭察哈尔几个旗县的牲畜繁衍后代，得益于各方凶煞助一臂之力的"浅灰色莽古斯"狼家族中侥幸生存的唯一公狼。

　　在那一年的围猎中，以莽古斯为首的狼家族遭遇了灭顶之灾，唯一幸存的鬃毛苍狼咬断了猎人布和泰的坐骑铁青马的脖子，咬伤了另外几位猎人的坐骑的肩胛骨或臀部后，一夜之间失去了踪迹。它就像上天了一样消失了，很多年无影无踪。去年秋天开始，多处传来关于鬃毛苍狼的消息，在忒莫尔图森林里常常出现一只天不怕地不怕、无拘无束的孤独的老狼。老人们心疼地念叨："真可怜，动物都是越老越思念故乡，就让它过上一段安稳的日子吧，哪怕是几天。"

　　这一切都源于那一年发生的暴风雪。

　　拂晓时分，疯狂的暴风雪毫无停歇之意。逆着风躺在包茹温都尔坡地上的几棵柳条下的鬃毛苍狼嗅到了滚滚风尘中夹杂着的羊膻味。这个味道正随着风渐渐地飘过来。羊膻味强烈地刺激着鬃毛苍狼的鼻孔。一想到数日来滴水未沾、食物未进的父母和兄弟姐妹们，鬃毛苍狼不由得探起身，蹲坐在两条后腿上，呜呜地低叫，向同伴们传递有食物的信息。附近觅食的狼们听到这低叫，迅速从四面八方集中到包茹温都尔山坡上。

北风刮得越来越起劲，视线变得越来越模糊。被圈养了整个春季的羊身上发出的浓烈的膻味强烈地刺激着狼。唯恐被羊群落下的山羊、绵羊的羔仔们不安的叫声越来越近。长着大盘角的黑头大羯绵羊和长着剑一样三尺长角的剑角大羯山羊为首的羊群正渐渐地往包茹温都尔的背风处聚集。

鬃毛苍狼纵身一跃，等得不耐烦的狼们紧跟着从羊群的两侧进攻。母狼莽古斯那布满斑点的脸和鼻子挤到了一起。它龇着咯吱作响的獠牙，从胸膛深处发出嗥叫，向狼群发出警告，试图来阻止狼们对羊群的攻击。但这一切都无济于事，饥饿难耐的狼群已被羊膻味刺激得失去理智。狼群一跃而上，凶恶无比。包茹温都尔榆树林的背风处布满了羊的尸骸。被咬断脖子的山羊和绵羊抽搐着，血淋淋的伤口处冒着浅紫色的泡沫。被咬破肚皮的剑角山羊大叫着，竭尽全力地逆着风跑，好像要给远处的冬营地毛都图报信。站在高处，浏览这一切的莽古斯张开血盆大口截住剑角山羊，咬住后颈一抖落，将剑角山羊摁倒在地。本来下定决心不动这些必定会给家族带来灾难的食物的莽古斯被热乎乎的鲜血冲昏了头脑。它从奄奄一息的剑角山羊的肩胛骨和胸部中间撕掉一块皮，把黑色的大长嘴塞进剑角山羊的胸腔内，把浓浓的鲜血一饮而尽。

整个冬季几乎未沾过鲜肉的莽古斯眼里布满了血丝。它恍惚间看到猎人布和泰正骑着铁青色的快马朝这边飞速赶来。它跳起来抖动了几下沾满羊血的头和毛发，爬上包茹温都尔的豁口处，转了几圈，哪有什么猎人，原来是北梁上的老榆树的树枝在强风下摇摆。

剑角山羊和莽古斯是相识多年的老朋友。剑角山羊是毛都图村羊群的领头羊，有爬到高处吃草的习惯。狐狸等小型肉食动物若想把羊羔叼走，剑角山羊会冲过去用它长长的剑一般的利角把它们顶起来甩到很远。无论多大的暴风雪，无论主人在不在，剑角山羊都能把羊群安全带回家。所以，毛都图的羊群无论更替多少代，剑角山羊和大盘角绵羊一直没更替过。在同一片蓝天下，在这片吉祥温暖的草原上，牲畜和各种动物共存，莽古斯家族不仅不侵犯毛都图村的牲畜，也不允许路过此地的狼来伤害它们。

莽古斯家族以毛都图村为中心，往南到哈日哈格、道尤格山岳、伊和淖尔脚下阿塔日嘎的芨芨草盐沼地；往北从巴彦包茹、古日班赛罕、阿日查图山岳，再通过伊和乌利雅苏台到刚嘎博日和；往东到昌图、放牛山包的山脉。莽古斯的狩猎范围在苏尼特的淖尔山脉、霍尔查干淖尔的周边。它们从来不动周围村落的牲畜。近些年来，到处都拉了铁丝网，草场上的草也变得低矮稀疏，加上今年开春的暴风雪，草原上的野生动物都苦于觅食难。血气方刚的鬃毛苍狼为了让年迈的父母和家族成员不饿肚子，破坏了动物界的生存规律，侵袭了牧民布和泰的羊群，闯下了大祸。

这是最后一次看孩子们吃饱后玩耍，对此莽古斯早已心知肚明。

第二天的黎明时分，用新鲜的羊肉填饱肚子的莽古斯家族正酣睡时，猎人们的马蹄声响彻天空，火药味随之而来。在这次围猎中，只有鬃毛苍狼靠着超群的勇气和智力跑掉了……

一天早晨，去放牛的布和泰老人的孙子森格从东侧山头一路踏着雪跑过来，很远就喊道："在忒莫尔图森林前发生了奇怪的事，爷爷，年迈的公驼把老榆树周围都给踏平了，驼峰上挂着一个灰色的东西，不得了了……"正在劈柴的钟台跑进屋里，拿起放置很久的父亲的猎枪，领着儿子踏着雪一路跑过去。他们走近老榆树，看到牵着满头是白沫子、驼峰已弯塌的公骆驼的布和泰老人。老人脸上挂着微笑。公骆驼浑身冒着热汗，眼里充满了惊恐、仇恨和厌恶。

"爸爸，是怎么回事？"钟台给猎枪上膛的同时问道。

"没事，没事，哈哈，忒莫尔图年迈的老狼骑上这头驼峰都直不起来的公驼了。"老人边笑边说。听到这爽朗的笑声，森格紧张的心情才平静下来。离他们十几米远的雪地里，被公驼甩掉的一头老狼像个雪球一样滚动着。它挣扎着站起身，费力地把两条后腿并到一起，蹲下来，张开几乎延伸到耳朵后面的大嘴，用力甩掉头上的雪。它下巴颤抖着，流着口水，已经竖立不起来的两只耳朵耷拉着。

老狼用昏花的老眼来回看着骆驼和人，努力分辨着眼前到底哪个是人，哪个是骆驼。但是在它的眼里，世间万物已不再清晰。它的眼前只有无边无际的黑洞。在它混乱的思绪中，出现了多年前的那片辽阔的草原，数不尽的牛羊。它想起了在那个风雪交加的夜晚，给饥寒交迫、倒在洞前的它喂舍不得用来熬奶茶的牛奶、让它得以活下来的老人……真是充满爱的世界呀，把牲畜的天敌狼都视作大自然不可缺失的元素来爱护，还有什么能比得上这伟大的爱呢？

它想再用公狼的气势招呼它的同伴和孩子们，可是嘴张开良久，喉结动了几下，却未能发出丝毫的声音。

"无助时想念故乡，这一点上动物和人没有什么区别，真可怜！谁也不会相信这就是当年屠杀毛都图村牲畜、独自闯出猎人包围圈的鬃毛苍狼啊！"布和泰老人把颤抖着的大手伸进蒙古袍里，摸出一支烟。烟点着了，老人那满是皱纹的眼睛里已沁满了泪水。

"哦，如果这就是吃掉爷爷心爱的坐骑的鬃毛苍狼，那么一枪把它毙了吧？"

"怎么处理好，让它升天？"

"行了，我们何时狠毒地对待过连自身都难保的动物？"布和泰老人说，"如果用心喂养能恢复体力的话，把肉炖烂后喂它也无妨。它对付不了一只山羊羔都好多年了。去年秋天，它咬住我们家一只小牛犊的脖子，拽了半天，牛脖子上连个牙印都没有。后来不晓得身上哪个部位被牛踩了，几天都站不起来。但是有胆量、有骨气的动物就是不一样。它勉强站起来的当晚，就回了忒莫尔图森林。现在它还能爬到骆驼身上，这足以让人吃惊啊！"

听到这里，一直在城市里生活的儿子和孙子说道：

"那么怎么处理这只可怜的老狼呢？"

"带到家里，给它盖温暖的窝？"

"孩子们，自然界也有自己的规律。这动物再弱，也不失野性，不会靠人类施舍来生存。这一切只因为人们把宽广富饶的草原分割成一块一块，有了让草原逐渐退化的铁丝网和只顾自己的自私狭隘的思想，才让野生动物失去了自由自在的生活。"老人叹息道。

第二天，天刚蒙蒙亮时，森格在一个皮囊里灌上加热过的牛奶。老狼仍蹲坐在那里，身上盖着一层雪。它已经离开了这个世界。直到生命的最后一刻，它都未能分辨这个花花绿绿的世界。它布满乌云的蓝眼睛里滴出来的泪水已结成冰，稀疏的睫毛上挂着霜，宣告一个生命在世间生死轮回的规律中去了另一个世界。

原载《花的原野》2019 年第 2 期

译于 2022 年

隐 子 草

吉日木图 著

青松 译

吉日木图

内蒙古锡盟镶黄旗人，内蒙古曲协会员，锡盟作协会员，镶黄旗电影、戏曲协会副主席，镶黄旗牧民作家协会秘书长。获首届全国"那·赛朝克图杯"诗歌比赛优秀奖、"巴图孟克杯"小说比赛第二名、中蒙"图拉嘎2018"小说比赛第四名、"金兴安杯"散文比赛优秀奖、第四届"网络文学比赛"优秀奖等。

青松

内蒙古呼伦贝尔市海拉尔区蒙古族中学教师，内蒙古翻译家协会理事，呼伦贝尔市翻译家协会副主席。参与《中国文学大系——内蒙古卷》《呼伦贝尔民歌全集》（蒙译汉）翻译工程。内蒙古教育出版社"儿童文学翻译工程"中翻译了《安徒生的童话故事》（汉译蒙）等。蒙译汉中篇小说《老狼的嗥叫》发表在《西部》2020年10月刊。

达木丁老人一家在赶往春营地的搬迁路上。

冬天的大雪大概覆盖了方圆一千多里的地方。走了三天好不容易走了一多半的路程，继续再走一天才能到达都兰海尔汗（地名）山地。到那里就可以放心了。小儿子赶着马群和牛群早就进山里了。老人家和大儿子一家三口赶着羊群节奏缓慢地前行。达木丁老人一直到八十岁都没有离开过马背，目前还是腿脚结实，身子骨硬朗。他自己也不清楚在这条路上已经来回走了多少次了。

中午时分，达木丁老人背后响起了汽车的马达声。载着毡包家具的儿子和儿媳妇的车相继到来。先到来停下的是后面车厢上搭了棚，装载因失误而早产的幼羔子的儿媳妇麦丽丝的皮卡车。达木丁老人下马，随手把马缰扔到地上，想要亲吻孙子而来到车窗旁。儿媳遥控车窗玻璃露出缝隙的时候冒出一股热气。

儿媳说道："阿爸，儿子睡着了。"

儿媳边说边把窗户玻璃全部摇下，让他探头往里看。

"我的天啊，我可爱的胖孙子睡得脸都通红啊！"说着朝着从包裹的皮衣里勉强露出小脸、还挂着霜睡觉的孙子努了努嘴。

"阿爸，没有发现下羔子的迹象吧？"

"目前还没有发现，好像没到时候。秋天的时候楚鲁家跑出来的几只公羊是从咱家羊群里找到后赶回去的不是吗？大概那个时候出了些问题。搬迁之前出现早产真是个大事故。"老人说着从羊群后面用手搭檐遥望。这个时候拉着家具的儿子的车也赶到了。

儿子从车上下来的同时问道："阿爸，今天能到都兰海尔汗吗？"

"现在这个情况到不了啊。体力好点的羊在前面抛雪乱跑是在消耗体力，疲惫不堪的一部分跟在后面跑也失去体力了。但是雪地随处可见斑驳的地方，越是往前走雪越薄了，斑驳的地方也多了起来。看到远处那个山坡上有一块很大的黑色了。冬雪撤得早些，所以草场会好。我的两个孩子，你俩再走十来里地就驻扎下毡包吧，说不好今晚有可能下雪，现在就走吧，阿爸慢点赶着羊群，夕阳西下之前赶到。"达木丁老人说着径直走向坐骑。儿子儿媳前后跟随，开车从羊群旁，顺着雪薄一些的地方驶过。

达木丁老人用赏识而羡慕的眼神看着儿子儿媳离去的背影，不禁回味起自己年轻的岁月，脸上洋溢着幸福的笑容，赶着羊群前行。

微风开始胡乱吹起。达木丁老人下马，等待落在后面的羊。他盘腿坐在地上装了一杆烟点燃。感觉到风速在悄悄加速。这个时候，有一根隐子草在发硬的雪地上磕磕绊绊滚来，滚到了达木丁老人的衣襟上，绊住后停下。

达木丁老人用手揪住隐子草转动着打量半天。他突然抬头，瞪着失了锐光的老花眼向北方的天边望去。北方，在一览无垠的大雪原尽头的天涯，隐约呈现出淡淡的粉红色。

恩和、麦丽丝俩人在一处避风的小山坡南麓找到了一块露出黑土的地方安营扎寨。四个哈那的小毡包瞬间工夫扎好，不一会儿从烟囱里冒出了烟，刚刚吹来的风又把牛粪的青烟吹起，飘向了南岗。

恩和边打开包着儿子的皮袍边说道:"我儿子就这样一直睡着吗?"

他儿子真是天塌下来也无动于衷地酣睡着。

麦丽丝扬茶熬韵奶茶的同时说道:"睡吧,睡吧。等他爷爷到来肯定会又是亲又是揉的,自然就会把他弄醒。"

恩和侧身躺在儿子的旁边说:"明天早点到达暖和的山里,让羊群好好休息一下,后天就可以驻扎在春营地了。然后好好调养几天劳累一冬的腰身,接着就开始接羔工作了。"

"平安度过了艰苦的冬季,牲畜的膘情还可以,今年咱家大概能接六百只羔羊吧!"麦丽丝说着,盛了一勺新茶的德吉①出去敬天地。恩和躺着,热手掌里焐着儿子胖乎乎的双手,看着儿子睡觉的可人模样,心里洋溢着满满的幸福感。

正当这个时候听到包外妻子的叫喊声。

"恩和,你看,你赶紧出来,这是怎么回事啊?!"恩和听到妻子的叫喊声后一跃而起跑了出去。妻子手里握着铜制的茶勺,眼珠子朝着北方洼地定住,一动不动站在那里。恩和顺着妻子的眼神方向看过去。顺着洼地上坡,阿爸像是赶着秋天的马群一样挥动鞭梢赶着羊群几乎奔跑过来了。鞭梢声和阿爸的呼喊声伴随着绵羊山羊咩叫嘈杂声来到了他们刚刚扎好的毡包前。

刚刚赶着羊群经过的路上随处看到三三两两栽跟头摔倒的羊在挣扎着。

"怎么了?阿爸这是疯了吗?"心中充满疑问的儿子儿媳愣在原地,直到阿爸赶到他们身边。

阿爸在坐骑上急促地说道:"孩子们赶紧拆卸包房装好家

---

① 德吉:尚未品尝过的饮食之精华,指物之第一件,如茶之第一碗、酒之第一杯等,献给主人或客人以示尊敬。

具动身，沙尘暴要来了。日落之前赶不到都兰海尔汗不行，快点！"说着从他俩身边挥舞着鞭子赶着羊群奔跑而过。恩和、麦丽丝俩还没有反应过来愣在原地。阿爸呼喊着、赶着羊群急匆匆地翻过了南岗。体弱的绵羊跪倒在迁徙的路上。预产的山羊咩咩凄叫着随处下羔羊扔下后跟随羊群奔跑。

"天空如此的晴朗安静，哪里有什么沙尘暴啊？"麦丽丝望着南岗方向愣神，嘴里喃喃自语。

"从阿爸如此不顾体弱羊群，着急忙慌的样子来看，肯定要发生什么事情，赶快拆卸包房赶路为好！"

等羊群翻过了山岗，恩和才缓过神，反应过来转身进屋。

"这是怎么回事啊？一路上到处都是体弱栽倒挣扎的绵羊、到处散落着山羊早产的羔胎，阿爸像个疯子似的赶走着羊群！"麦丽丝还在原地发呆自言自语着。

"嗨，你那样自言自语站着没有什么用，快点帮忙拆卸毡包吧。"恩和头也没回，边说边解开毡包的围绳缠绕在手肘上，快速围着毡包跑起来。麦丽丝跑进屋里用皮袍包好儿子出来，把儿子放在了驾驶座边。儿子丝毫没有受到任何影响，还在甜睡着……

迅速装载好家具的麦丽丝说："我先走了，不要忘了把炉火灭了掩埋好啊。"说着砰的一声关上车门迅速启动立即出发了。恩和把炉炭扣在凝冻的雪地上，踩踏进了雪里。把炉子塞进车厢一个稳当的角落里，上车启动后顺着妻子轧出的车辙，在弥漫的青烟中奔驰起来。麦丽丝跟随着羊群走过的脚印，一一仔细观察着栽倒的羊，大部分是没有体力了，再也站不起来了。

突然看到有一只绵羊生产了羔子站在那里。

"你也真会找时间生产！"麦丽丝叨咕着从车上跳下来，拎起羊羔放在后车厢里。然后想抓住母羊放在一起的时候，母羊却咩叫得厉害，四处跺脚寻找刚出生的羔羊，不让人靠近。麦丽丝只好抱下羔羊慢慢靠近母羊。幼小的羔羊尖利咩叫时母羊发出温柔的咩叫声、警惕地接近。麦丽丝打开车厢后栏杆抱着羔羊上车。母羊跟随他们来到车后，听到羔羊的咩叫身不由己跳进车厢里。麦丽丝顺势迅速哐地关掉车厢栏杆，让母子见面。麦丽丝跳下车厢，继续往前赶路。

接着看到了躺在地上挣扎的"老哈拉金"（额白老母羊）。哈拉金哈喇子夹杂着反刍物从嘴角流出来，与一侧脸上的毛发粘连在一起冻在雪地上。瞪着大眼珠子四肢颤抖蹬踏着。鼻孔中流出粉红色的血，顺着颌下冻结的口水流下。哈拉金从两岁怀羔期开始每年生产双胞胎，从未间断过。现在，它生产的羔羊及羔羊的羔羊全部加起来大概接近四十只了吧。麦丽丝看到自己家羊群心爱的首杰功臣如此惨状，再也控制不住眼泪，伤心地哭泣起来。

无论如何决定要带走哈拉金。麦丽丝掰开哈拉金与雪地冻结的一侧脸部，然后用双手抱起老羊的胸部位置，刚要向车厢走去时，哈拉金用它超出自身的爆发力蹬踏起来，并高声咩叫着脱离了麦丽丝的双手，掉在了地上。麦丽丝也因为用力过猛失去了体力瘫坐在哈拉金旁边。哈拉金咩叫和蹬踏得更加厉害。突然，它的两条后腿使劲伸直并抬起头大声哼叫起来。

正当麦丽丝焦急万分时刻听到车里孩子的哭声。麦丽丝纵身跑进车头里抱起儿子解开衣扣露出乳房，把乳头塞进了儿子的嘴里。儿子立刻停止了哭声，吧唧吧唧吸吮起母乳来。

麦丽丝从车窗向外看到哈拉金尾巴下面哗地下来一摊水，紧接着尖叫着，有一只白色的大幼羔子滑了出来。哈拉金轻轻哼叫着抬头想站起来，但是未能如愿，把头重重摔向一边躺下了。麦丽丝心急火燎，想放下儿子的时候睡意蒙眬的儿子纠缠着额吉的乳房不肯放手，又尖叫哭泣了起来。麦丽丝稍犹豫一下后把儿子从皮袍里抱出来揣进自己的怀里，把乳头塞到小嘴里，扣上衣襟扣子，扎紧了袍带后下车了。走到哈拉金屁股后面用一只手从胸部铲起幼羔，清理了身上的黏液物，并轮流用劲吹了吹幼羔子双耳后放到了哈拉金的头上。幼羔子用力嘶叫起来。老哈拉金像是睁开了一下变成青色的眼睛，嗅了一下羔羊后突然从嗓子眼里发出呼噜声，张开嘴深吸一口气后不再动弹了。接着，两个后腿又一次伸展了一下，又有一只幼羔子拖着血水滑了出来。麦丽丝又像上一只那样清理黏液物后使劲吹了吹两只耳朵。幼羔子晃了几下脑袋，打了几下喷嚏后发出了刺耳的咩叫声。

听到汽车声，恩和也赶到了。

"原来是哈拉金啊！又生产双胞胎了吧？"说着恩和下了车。

"可怜的哈拉金送给我们最后的双胞胎后走了……"麦丽丝轻轻地哭诉。

"唉，可怜，离开了我们走了。"恩和用手轻轻捂着哈拉金的眼睛说道。

"不要站在这里了，驮上尸体走吧，等到了春营地安顿好后看看方向（风水），找个好地方安放在高处吧。"恩和说着把尸体抱起放在了车上。他俩默默无语，各自上了自己的车继续前行。阿爸还是像疯子一样赶着羊群，已经看不到踪影了。不完全统计路上大概近两百只羊栽倒，不能再站起来了。随处能看到山羊早产的胎。

风速加大了。太阳西下时分，恩和与麦丽丝翻过了都兰海尔汗山的背面，从海拉苏台沟壑上面下来了。

看到阿爸正在海拉苏台沟壑里圈着羊群。

麦丽丝一下车就用责备的眼神看着阿爸，拉着哭腔问道："阿爸，一路上都是栽倒的羊，到处都是山羊胎，您这是在干什么啊？"

"孩子啊，羊群保住留下来就算幸运了，快点在这洼地的黑地上搭建毡包，现在不加快速度有可能今晚在野外过夜了。"达木丁老人说着，双手在背后摇晃着快速朝着装载包房的车走去。在阿爸的动作召唤下两个孩子无声地开始卸载包房。麦丽丝心里还是堵塞着不解和郁闷，喉咙像是顶着什么，总想有几句说给阿爸听。

　　但是这种状态没有维持多长时间。刚刚搭建好毡包的天窗，开始打开卷着的围毡时风力突然加大，沟壑里的榆树开始非常厉害地喧哗起来，北面山头的天空上泛起了深红色，被夕阳染红的浓密沙尘腾空而起，又从北边整个半边天恐怖地压顶而来。"孩子们，快点！"达木丁老人大声叫喊的同时快速打开哈纳的围毡。

　　一个老年人和两个年轻人以及大风一起撕扯着围毡的两头，抻直，围住了毡包的哈纳。

　　"阿爸用捆绳捆住围毡，两个孩子趁着风还没有加大的时候快把帡幪压住。"说着，老人开始从门的右边起顺着风劲儿拉起捆绳。恩和与麦丽丝把帡幪打开，刚拽到毡包顶上就被一阵强风吹过来掀翻了。这个时候已经捆住了一条围绳的达木丁老人赶紧过来喊道："来，孩子们再来一次，阿爸从北面拉住，稳定住，你俩赶紧系住捆绳。"

　　就这样老人双手紧紧攥住再次抛上去的帡幪下面的一角，使劲往下压住。鼻孔里开始有尘土的味道了。两个年轻人与越来越激烈的沙尘暴搏斗，最终把捆绳系好，固定住了帡幪，盖住了毡包的天窗。

　　沙尘越来越大，开始直接灌进了眼睛、嘴巴和鼻子里。风速越来越大，像是要把沟壑里的榆树连根拔起一样咆哮着。潮湿的沙子粘在眉毛和眼睫毛上让人无法睁开眼睛了。

第二天早上麦丽丝从深睡中醒来的时候爱人不在身边。毡包右首阿爸盖着皮袍面朝外打着鼾，熟睡着。她温柔地把儿子从身上推开盖好被子，然后起身出门。

外面晴空万里，安静温和。好像没有发生过昨天的沙尘暴似的。大地被沙尘所覆盖，泛着粉红的色彩。灌木丛、针茅、油蒿头、山谷的榆树全部被潮湿的红沙子覆盖，全都是一个颜色，死了一样地安静。

向山谷俯瞰，羊群安然无恙，没有发生过任何事情一样静卧咀嚼着。麦丽丝深吸了一口气。

听到马蹄声，爱人斜着山坡骑马颠跑而来。

"北边一片狼藉，没有进山里的人家的牲畜全部遭殃了。"恩和脸上带着些恐惧的表情说道。

"太吓人了，多亏我们急忙进入山里了，看昨天的天气，那么平静，谁也不会相信会是那样的。阿爸是怎么知道的啊？"麦丽丝因为牲畜群安全躲过灾难而庆幸地说。

"不是什么秘密，就是这个。"达木丁老人推门出来。两个孩子同时回头看阿爸。达木丁老人手里捏着一棵隐子草来到他俩身边。

"我们这里去年下雪早，而且是大雪覆盖了草场，所以不可能出现隐子草。千里之外刮来隐子草是起了大风的预兆。戈壁地区起大风肯定会带来沙尘暴，但是多大的风雪或沙尘暴都进不了我们的都兰海尔汗山。所以急忙赶路的原因在这里。"达木丁老人说着把手里的隐子草递给了恩和。

"一棵小小的隐子草隐藏着这么大的奥秘啊！"恩和喃喃自语的同时，眼光投向了安卧的羊群。

原载《花的原野》2019 年第 2 期

译于 2022 年 9 月

英　雄

布林 著
布林 译

布林

本名乌力吉布林，蒙古族，1959年生。
蒙汉双语作家，中国作家协会会员。
1976年开始发表作品，出版长篇小说
《动荡的鄂尔多斯》《一路歌声》《行
走天涯》《沙海深处》《长夜或者火》等九部，中短篇小说集
《鄂尔多斯2049年》《沙暴》《布林小说精选》以及十二卷本
《布林文集》等。部分作品被译成英、日等文字。

一

母牛和牛犊的哞叫，一路磕磕绊绊来到屋里时虽气力不足，但韧劲犹存，在他耳畔嗡嗡着，很快将他弄醒。古南乌蓝①睁开眼，打了个哈欠，翻身又睡去。

羊栅栏、牛圈好几处坏了，该拾掇拾掇了……牵牛犊的绳索也不够用……说了几天，还没搓……妻子葛根通拉的唠叨声仿佛又在他耳边嗡嗡。不知怎么，近来妻子的脾气变了，整天沉眉睡眼，唠叨个没完。

早晨新鲜的阳光从门缝里挤进来，在哈那上投射出一些奇异的图案。在叽叽喳喳的鸟声中，这些投影也动起来，忽大忽小，奇形怪状。哞哞——咩咩——牛羊叫声混合成一片缠绕着他。牛羊的叫声让他有点烦躁。

好吃懒做说的就是你这种人……一个声音说。

葛根通拉这么快就挤完奶啦？他在昏沉的睡意中想。可那声音不像妻子的，更像去世母亲的声音。古南乌蓝顿时睡意全消，

① 古南乌蓝：蒙古族英雄史诗《三岁的古南乌蓝巴特尔》里的英雄。

抬起了头。他看见一道黄光蛇样从门缝飘出。

古南乌蓝分不清自己在梦里还是在现实里。他掐了下自己大腿上的肉，觉得有疼感，哦哦，这不是梦。

草木花香的气息从门缝悄悄挤进来，在屋子里膨胀弥漫开来。古南乌蓝懒懒地躺着又睡去。在妻子的嘟囔声中，他再次醒来时，太阳已升到了中天，妻子挤完奶，在捣酸奶呢。

一天这么长，而一年又这么短……啊嘿……古南乌蓝伸了伸懒腰，潦潦草草洗了把脸，喝起了早茶。妻子的嘟嘟囔囔发牢骚声与捣酸奶声一同飘过来，缠绕着他。现在，捣酸奶的声音也让他烦。他在屋子里无聊地转了几圈，走出门，扯起套马杆，跨上了黄马。

马群在德日苏图草滩游荡，不时传来它们打响鼻的声音。

古南乌蓝的目光在一匹枣骝马身上转悠。枣骝马收到什么信息似的扬着头，剪动双耳，在马群里警惕地奔走。古南乌蓝猛地磕镫，黄马箭也似的冲进了马群。枣骝马见情况不妙，抖鬃扬尾往外跑，黄马影子一样跟了过去。枣骝马巧妙地躲过了他的套马杆。古南乌蓝磕镫再次冲过去，长长的套马杆在枣骝马的头上飞舞。古南乌蓝套住枣骝马，踩紧镫子，使劲拉拽。枣骝马忽而腾跃，忽而旋转，搅起一片片沙土的尘烟。古南乌蓝的手在抖，腿也哆嗦，差点被枣骝马拉下马。他咬牙坚持了一会儿，便松开了手。枣骝马戴着套马杆狂奔，铁蹄搅起一片尘土……

没有比这更耻辱的事啦……古南乌蓝满脸羞愧地向四野望，幸亏这片草滩上不见牧人。他感到心头被什么东西压得喘不过气来，便干咳一声，用袖筒拭擦了下额头上的汗。

二

几个小伙子在米勒乌岚的包门前摔跤，嬉闹声在晌午的草滩上荡漾。古南乌蓝不由掉转了马头。

你好，巴特尔①……请请……米勒乌岚热情地打招呼。古南乌蓝阴郁的脸膛顿时开朗了。

拉、推、勾、使绊子……小伙子们拿出自己的绝招，发动进攻。

古南乌蓝干咳了一下，积存在心头的不快情绪很快被小伙子们热闹的喧响吹得一干二净。他观看了一阵，有些坐不住了，忍不住想进场玩一玩。不能光用蛮力，要使巧劲儿……他指点着一对摔跤手，走进了场。

慑于他的声威，没人敢邀请他摔跤。这样摔……他指指点点的顺便拉起一个小伙子就摔。

跤王，我怕你摔裂我的胃，我怕你把我摔到几十步开外，我怕……小伙子手脚慌乱，扭扭捏捏。

我不会把你摔趴的，自信点！古南乌蓝鼓励小伙子。

过了两个回合，小伙子不拘谨了，步子也更稳了。

古南乌蓝揪住小伙子的召德格②领口，轮空旋转几圈，轻轻摔下时，小伙子忽地勾住他的腿，差点撂倒他。

后生不可小觑！古南乌蓝慎重了，跳着、试探着，找进攻的机会。

看看高手的表演……

饱饱眼福……小伙子们见古南乌蓝摔跤，纷纷围拢过来。

---

① 巴特尔：英雄。

② 召德格：蒙古搏克摔跤时穿的上衣。

两人纠缠着谁也摔不倒谁。小伙子防古南乌蓝打拔脚，用头死死顶住他的肩。古南乌蓝生气了，瞪着眼，发起猛烈进攻。他搂紧对方的召德格领口，飞出拔脚。对方闪了下，就劲儿使力，很轻松地把他撂倒。古南乌蓝的脸涨得通红，他不承想被小伙子这么轻松撂倒。

跤王，不能让他……

再来一次！小伙子们起哄。

鼓励年轻人……要不……古南乌蓝给自己一个台阶，掸着衣服上的土屑，站起来。

小伙子这次主动邀请古南乌蓝。

今天，身体有点不舒服……古南乌蓝的舌头有些僵硬了。

跤王，不能让他……小伙子们又在起哄。

古南乌蓝连连使了几个计谋也没撂倒对手，对手反过来进攻起了他。几个回合，古南乌蓝的体力消耗不少。他两眼昏花，浑身乏力，而且气也喘不过来了。小伙子若要再次进攻，他肯定招架不住。心急的古南乌蓝使起了毒招——瞅准机会踢了下小伙子的膝盖，小伙子勉强躲了过去。古南乌蓝鼓着眼，再次进攻时，小伙子急忙单膝跪地认输……

古南乌蓝长长松了口气……

三

古南乌蓝在德日苏图山沟沮丧地跳下马，无力地瘫坐在草地上。一下午的狩猎以两只兔子、一只沙狐告终，他甚是惭愧。

风徐徐吹拂，草地在摇晃。草地怎么可能摇晃，分明是他的感觉。近来，古南乌蓝老觉得身体的什么地方出了毛病——头昏脑涨，浑身乏力。他感到身体被抽空了，成为了一个空洞的容器。

古南乌蓝伸了伸懒腰，把疲惫的肢体展平，枕着双手躺在草地上。风从山沟外吹来，他家满山遍野的花牛在草滩上吃草。草地在摇晃。他舒展开身体，静静地躺着，不久进入了梦乡……一只冰凉的手扼住他的脖子，他欲挣扎，可四肢被什么夹住似的动弹不得，欲喊叫，喉咙喊不出声，只是喘息。古南乌蓝狠狠咬住嘴唇，想从这个梦中快些醒来。他挣扎着醒来时，浑身是汗。

一只鸢鸣叫着在他的头顶上盘旋。妈的，我还没死呢，你就把我当成猎物了！古南乌蓝张弓搭矢，射出一箭。鸢没射中，箭摇摇摆摆飞了一程，变得酥软无力，掉下来时差点刺中自己。

怪异的噩梦预示着什么，他想。古南乌蓝掸了掸衣服上的土屑，跨上黄马驰向绿岗。在风中，草浪一层推一层地涌动，古南乌蓝的身子颤动了一下，心里隐隐地有一种不安的感觉。他跳下马，坐在绿岗上，掏出了望远镜。他的目光在草滩、山沟上磕磕碰碰地滑游。蓦地一股旋风卷来，差点吹掉望远镜。随着旋风，隐隐转来嘿嘿哈哈的浪笑声。旋风转眼间不见了，一种不祥的感觉紧紧地攥住了他。

东山坡上有个可疑的黑影，似盘踞在岩石上的鹰，一动也不动。歹毒的家伙，你躲不过我眼睛的！古南乌蓝将望远镜揣进怀里，策马向东山驰去。

东山坡上鹰一样蜷缩的是古南乌蓝的仇敌哈登哈热①。他想趁黎明的黑暗掳掠古南乌蓝的家园，但不敢贸然进攻，犹犹豫豫在山坡上坐了很久。

黑马打了个响鼻，被太阳晒得晕晕乎乎的哈登哈热抬起了头。在习习的风中，他看见古南乌蓝骑着黄马摇摇晃晃朝这边驰

① 哈登哈热：蒙古族英雄史诗《三岁的古南乌蓝巴特尔》里的反面英雄。

来。哈登哈热犹豫了片刻，便佩上腰刀，迎上去。

古南乌蓝的马刀在阳光照耀下闪着油亮的光，胯下的马鬃马尾像赤色的火一般燃烧。哈登哈热有点心慌意乱，但很快镇定下来，握紧腰刀相迎。

两人在半山坡上搏斗。古南乌蓝连发两箭，都被哈登哈热的腰刀挡住。

金属的击撞夹杂着喊叫，两人搏杀得不分胜负。

哈登哈热舞耍着腰刀砍来，古南乌蓝俯身闪开。古南乌蓝挥刀进攻之际，忽然眼前一阵发黑，差点倒下。他的气力仿佛被什么吮吸掉，周身瞬间变得疲惫无力。他曾几次被这种异样的感觉笼罩。骑马或者激烈运动时更明显，躯体飘飘然，如一捆干草，风吹就能飞动。

一只老鹰在他俩的头顶上盘旋，它似乎嗅到了血的腥气。古南乌蓝的刀法由攻杀被迫转为防身，体虚的征象从他摇晃的脚步中显露无遗。为掩饰自己的体虚，古南乌蓝夸张地叫着、跳着，摆出一副威风凛凛的样子。

这家伙不主动进攻，肯定要耍什么鬼……疑神疑鬼的哈登哈热且战且退，盘算着伺机逃脱。

古南乌蓝的一个闪失，哈登哈热的腰刀砍伤了他的大腿。古南乌蓝咬住牙，拼命搏杀。哈登哈热的肩被刺伤，腰刀掉落在地。他慌忙逃跑。

古南乌蓝没了追杀的劲头，只在原地虚张声势地叫着喊着。他看见哈登哈热跌跌撞撞逃跑，不由龇牙一笑。

不时传来石块滚下山的声响。一阵疼痛，让古南乌蓝龇牙咧嘴。他掀起袍，扯下一条布，用力地缠裹起受伤的大腿。他奇怪近期自己这般体虚乏力，以前，不用说对付一个哈登哈热啦，对付两个哈登也绰绰有余。

古南乌蓝将马刀充当拐杖，趔趔趄趄地往山下走。山在摇晃，转眼间哈登哈热的身影变成了一个黑点……

这一切被坐在山岗上的图佤①尽收眼底。他看见古南乌蓝他们搏杀高兴极了，好好打，打得两败俱伤才好！他诅咒。可两人的搏杀不多久就结束了，让他感到些许失望。

天气沉闷无聊，图佤似乎看见古南乌蓝一个趔趄，骨碌骨碌滚下了山……

忽地，他发出了一声冷笑。

四

浓浓的黑色将旷野捂得喘不过气来。夜晚黑得有点异常，一两声马嘶或牛哞将浓稠的黑啄破，即刻又被黑暗吞噬。黑暗黏黏糊糊持续到黎明。哞哞——咩咩——牛羊不时被惊动。古南乌蓝猜想是狼来偷袭，摘弓取矢跑出去。他转了一圈什么也没发现，正要掉头回去，黄马长嘶一声。他警觉起来，竖起耳朵聆听四周的动响。在习习的风中，隐隐转来哒哒的马蹄声，蹄声由远而近。仅凭那马蹄的声音以及这人来的时间，古南乌蓝就能大致断定来者不善，他佩戴上腰刀，警觉地站在那里。

四野漫开阴冷。哒哒的蹄声不一会儿来到了他的身后。来者是图佤。图佤的眼里闪着寒光，骑乘的粉嘴枣骝骡子甩尾时无数金星在闪烁。他酝酿进犯古南乌蓝已久。

送死来了吧……虽然有些胆怯，但古南乌蓝镇定了下，举刀冲了上去。图佤轻松挡住了他的刀。两人你砍我挡，你刺我闪，

---

① 图佤：古南乌蓝的劲敌。

进行了十来个回合，不分胜败。渐渐地，古南乌蓝体怠力乏，只有挡架的份儿了。

刺右肩上碗口大的致命处！一个声音提醒他。可古南乌蓝只有想法，无气力了。现在，马刀对他来说是个摆设。图佤跳将过来，砍他带伤的大腿，古南乌蓝一轱辘勉强躲了过去。当一声，图佤砍断了他的马刀。古南乌蓝慌乱了，挣扎着爬起时被图佤狠狠踢翻。图佤砍断他的右手指头，又将他的右眼珠活活挖掉。

旷野里漫开血腥味儿。此刻，从东边飞来一只漆黑的乌鸦，叼走了扔在地上的眼珠。

要杀就赶紧杀！浑身沾满血和泥土的古南乌蓝吼道。

傻瓜才那样干呢。你死了我奴役谁呢！图佤冷笑。

图佤不但掳掠古南乌蓝的牲畜，还掳去葛根通拉做他的压寨夫人。

尘土飞扬，牛羊叫声混成一片，薄雾被牲畜卷起的一股风带去。哒哒哒，图佤粉嘴枣骝骡子的蹄声渐渐远去。

一颗牙齿咬碎了。古南乌蓝浑身发抖，可他一点儿法子也没有，眼睁睁地看着图佤掳掠牲畜和美丽的夫人而去。草地摇晃，初升的太阳惊恐一跳，碎成无数片，丁零当啷掉落。

噗！古南乌蓝吐出那颗牙齿和满嘴的污血，挣扎着站起来，没走几步便像被大风吹断的腐朽树木，噼啪倒落在地……

原载《花的原野》1998 年第 2 期

译于 2021 年 10 月

掌勺者说

力格登 著

青格里 译

力格登

本名利格登，蒙古族，1944 年出生
于察哈尔省镶黄旗一个牧民家庭。大
学毕业后一直从事编辑工作。出版有
《力格登小说选》、《火的赞歌》（诗
集）、《第三行星的宣言》（长篇小说）、《儿童短篇小说集》、
《馒头巴特尔历险记》、《智力谜语》、《甘露或米汤》等二十
余部作品，约三百多万字。多次获全国性文学奖和自治区级
文学奖。2009 年获得内蒙古自治区文学杰出贡献金质奖章。
2010 年获国际儿童图书（IBBY）奖。

青格里

本名孙中轩。蒙古族，退休。中国作
家协会会员，中国少数民族作家学会
会员，内蒙古翻译家协会会员。

不想谈论什么荣誉的一个活生生的灵魂来到母校。

一群健壮活泼的孩子们，穿过蛋青色大楼宽敞的大门走进饭厅，炒菜的香味给人一种牵着鼻子的感觉。手持碗筷的学生们分布在十个窗口，自觉地站成排，井然有序。打上白面肉馅包子或者白米饭的孩子们，有说有笑地坐在饭厅的餐桌上进餐。也有人因为送不出不想吃的肥肉或不好意思扔掉的半个馒头东张西望。这对另一个人来说简直就像一个梦、一幅画、一场演出。尽管意识清醒、头脑正常，但心里却总感觉像看到了一场魔术表演。突然间，他感到心中的舞台瞬间变换，场景还是他那座母校的校园里，一个近似普希金《渔夫和金鱼的故事》的画面徐徐展开，他仿佛看到一排破败不堪的土坯房，房顶上直直愣愣地覆盖着枯草，就像黄头发一样，既不生长也不败落……

一、等待馒头，很漫长

那时候，苏木小学的学生中，年龄最小的十来岁，大的已经二十多岁，甚至还有结婚的学生。所以他们中间有各种各样的故事和传说。

二年级时他叫拳头苏和，头发偏左中分，右侧朝后一甩，平时说话喜欢转词，什么"父亲的叮嘱，生命的护符"等等，张嘴就来，合辙押韵；有时腋下也会夹着一本名为《我们学校》的书到处乱跑，后来他成了月牙苏和，变成了一个翘鼻高耸、头脑聪慧、性格无比倔强的小孩。实实在在讲，那是一个极为普通的小孩而已，除了说话或吃东西的时候，或者亲吻的时候，噘起来的嘴显得长以外，再也没有别的什么特殊表现。因为从小就干苦力活长大，他的拳头可不是馒头，而是榔头。不高兴就噘嘴，生气就动拳头，伤心就流眼泪。不过他的眼泪可不是鳄鱼泪，那可是货真价实的珍珠串。这种做法正是那个时候人们用泪水净化性格的样板，爱恨悲愁，习惯化的成果。直到今天，他的同学们仍旧把他的所作所为和言谈举止编成口头文学传来传去，甚至有的专家学者，还把他的苦难经历看作是习俗上生长出的荆刺。

那几年，也许是因为孩子们穿戴单薄，一到冬季就瑟瑟发抖。冻得不行的孩子们，吸溜着鼻涕，龇牙咧嘴，像一条条又冷又饿的狼，恨不得见什么都想咬上一口。苏和就是他们颇为认同的楷模典型。

时日转眼间又到了最难熬的星期天。晚饭的钟声响了，门德巴雅尔和苏和俩，推推搡搡纠缠在一起，突然间苏和挥拳狠狠地砸向对方的鼻子，天啊！这是怎么回事？苏和知道自己错了，腿脚也随之勤快起来，没办法，最终还是一个人去打饭。这时候，门德巴雅尔凭借着鼻子挨一拳的功劳，不失时机地拿起了勺子。一旁的朝濛不高兴了，走过来说道："多事之秋还是中间人掌勺为好，再说你的鼻子里还塞着纸呢……"说着伸手就把勺子抢了过来。他们的宿舍是一个两边都架着木板床的大房间，拥拥挤挤地住着十四个孩子，所以打架拌嘴就是家常便饭，特别是吃饭的时候，因为推推搡搡，避免不了发生暂时的"武斗"。这个学校虽然成立已经四年，可是直到现在，别说食堂，连个像样的教室都没有。所以吃饭的时候，学生们就把饭菜打到各自的宿舍，在宿舍里进餐。每个宿舍备有一个精钢饭桶、一把铁勺供打饭分菜。这精钢饭桶和铁勺，也是建校初期在希日图拉盖庙里上课时，借用喇嘛们进餐使用的器皿。铁勺虽然容易生锈，但是有益于身体。学生们虽然课堂上没有学到，但是他们都从大人们的话语里听说过，所以他们从来不嫌弃，而且都很喜欢。有的学生以补充铁元素为由，甚至舔勺成瘾。苏和以此出洋相，创作的一个以"吻勺"为内容的滑稽舞蹈流传起来，每当吃饭的时候，那铁勺便在学生们的手上兴高采烈地传来传去。当然，这种舔勺的舞蹈一般都是在分完饭菜的半个小时内最为疯狂，因为那个时候的饥饿正是最厉害的顶峰。那把铁勺尽管是精铁打制，但也经不住众人日复一日的折磨，就像打磨过的一样，已经薄了许多。精钢饭桶很重，来回打饭费力气；掌勺分饭不仅轻松，而且自己还能得点好处。

那时候的日子过得很怪，能填饱肚子的正月，好像只有几天的时间就无声无息地飞逝，而饥饿的日子拖着沉重的脚步过也过不完。特别是星期天，就像一匹上了马绊的老马一样，那个慢啊！头顶上的太阳仿佛就像钉在天上的金盘，一动不动，真想伸手拨动一下，可是够不到啊！金光闪闪的光芒里并没有什么可吃的东西，空有一片光芒。感觉不到太阳的移动也就算了，可是那一周才能吃上一次的白面馒头，就像一个懒惰的皇帝，一个世纪也不想离开皇座一样，等得你心慌意乱，抓耳挠腮。等待白面馒头的滋味真是无聊啊！迟迟不来的原因难道是害怕被我们吃掉吗？就像盼望的春节一样，能够安慰辘辘饥肠的馒头，夏天的时候，一般都在日落西山的时分才能大驾光临，而冬天却要等到月出东山。我们一个个哈欠连连，就像一场哈欠比赛，丑态百出。下巴这东西还真结实，用不坏，磨不坏，为了能吃上白面馒头，我们一个个咬紧牙关，等待，等待，再等待。现在的孩子并不怎么能体会对食物的期望，可是那时候的学生对期望的敬畏是虔诚的。那时的期望中吃饱肚子是首位，那时候一天漫长得让你无可奈何，饥饿几乎让你在失去的理智中挣扎。

等待中，就像前后轮子折叠起来的车子一样，几乎等得昏昏欲睡的孩子们终于闻到了饭菜的香味，就像听到了雷声，闪电般冲向食堂大门。今天一马当先冲出去的当然是苏和。只见他一侧夹着一筐笼馒头，一手提着一桶大炖菜，冲出大门时，不小心掉了一个馒头。他弯腰捡起馒头，吹了吹，继续向宿舍跑去。后来想想，还真像门德巴雅尔在他的那首《长脚的馒头》一诗中写的那样，"袍裾翻飞快速跑，长脚馒头慰心焦。不负众望疾步走，早回宿舍建功劳"。半个世纪过去了，那又白又暄的馒头仿佛仍然在身边奔跑。

二、分发炖菜，很艰难

馒头打回来了，宿舍里洋溢着一片快乐的气氛。

苏和捡起筐笼里的馒头，给四面伸过来的黑爪子一样的每一个小手里放上两个。分菜的朝濛手持铁勺，一人一勺土豆炖圆白菜，费尽心机地努力做到每一个人的碗里都能分到指甲盖大的一两块肉。但只能是大概，有的人分到了，有的人却错过了。每当这时，他就用"虽然说老天有一万只眼睛，可是铁勺只有一只眼，只能听天由命了"的话来安慰大家。"听天由命"这句话也就是朝濛能说，如果换成苏和，那些馋得恨不得咬舌头的孩子们肯定不干，甚至也不排除造成混乱的可能性。原因是苏和"剥削"群众已经到了"罪孽深重"的地步。

掌勺艰巨，是一门技巧。从食堂端回饭菜是每一个宿舍值日生的首要任务。那时候还没有"学雷锋"一说，也没有"为人民服务"的觉悟，所以每遇到重活、累活、脏活、不讨好的活时，孩子们就你看我、我看你地相互推诿。可是掌勺的工作就不一样了，不仅活轻事少，在那饥饿的年代，那可是有利可图的美差，所以孩子们不管是谁，一看到铁勺都会情不自禁地伸出小手。推推搡搡与觊觎掌勺两者之间，虽然是一件并不存在实质性联系的平常小事，但背后的重要性却直接威胁着每一个人的生存状态。因为各种原因，常常发生饭点推迟或吃不上饭的情况。甚至也会发生有的人吃饱撑得拉稀，有的人却饿得发昏。针对这种情况学校专门制定了值日制度，虽然打饭端菜有了保障，但分菜的铁勺能不能合理，却一直困扰着大家。

掌勺者偷着捞肉吃的事在校园里引起了公愤，宿舍会上，大家纷纷批评这是牧主"剥吃牧民肉"的不齿行径。听后朝濛在巴图耳边嘀咕了几句，见对方点头同意攻守同盟，就理直气壮地倡议道："今后不管是谁执掌勺子都得最后一个盛菜！"对此，苏和当然提出了异议，"作为值周，一周只有一次机会，我看还是先盛为好，最后盛不管怎么说也是会吃亏的！"苏和的提议并没有得到大家的支持，反而引起众人的公愤，都认为他自私贪婪。而这时被誉为"人民"的北泉公民阿仁，亲切地搂着朝濛的脖子说："一个人不能只为自己一张嘴着想，还得要考虑到大家，我举双手赞同。"朝濛的提议得到大家的一致拥护，有些听说过《恩格尔法则》的好事者，自我感觉良好地把朝濛的提议戏称为《朝濛法》。校方只当是孩子们的玩笑也没有在意。朝濛当时就被任命为舍长，其实就是分菜的"菜长"。既然大家都认可，他也只好默认，每次分菜都按照规定最后一个把桶底的残汤剩菜扒拉到自己碗里。不过"菜长"服务的背后也不能总是无偿地奉献。群众有眼，久而久之，自然也就有了调节平衡的办法。一次，阿仁咧着大嘴高兴地夹起碗里的一块肉放进朝濛的碗里，并表示说"这是自愿地感谢"。这时旁边有的人不高兴了："难道感谢不都是自愿的吗？"这句话到底是什么意思，谁也说不清道不白。但是在这句话的暗示下，谁也不肯落后，你一块我一块地往朝濛碗里夹肉，很快就堆满了一碗。朝濛看到后，很不好意思地说："这我不能要，不利于我分菜呀。"这时人们就用习俗的谚语撑了回去："难道你嫌少吗？俗话说：夏天的苍蝇虽小，也是我们的心意啊！"这是一种幼稚的爱，不是能够从任何人胸怀里随便可以占有的给予，是人民群众从心眼里颁发的奖赏或者认同的条律！当然，也会有不愿意给的人，但绝不强迫，绝对民主。事实上这只不过是挥舞习俗的钝刀实施弹压罢了。久而久之朝濛的羞涩没了，渐渐地也就适应了这种奖励，类似乡下的劳动模范一样荣光无限。

《朝濛法》虽然说是孩子们的一场闹剧，但在学生中产生了极好的影响。为了鼓励，校方在全校师生大会上点名表扬了朝濛的所作所为。特别是认为这个孩子是草原大地上破土而出的可塑之材，需要得到重点培养，所以被上面选中带走。说实话，在同学们的眼里，朝濛就是一颗星；马群里，就是一只长颈鹿；身材高大秀颀，筋骨强健有力，浑身洋溢着智慧的活力，看一眼让人眼热。他的记忆力出色，一部长篇散文只要读过或者听过一两次，他就能记得清清楚楚；二年级时他只通读了一遍五年级的算术，就考了九十三分；他一眼就能估计出桑布奶奶的背篓的分量。他的聪明伶俐让人嫉妒，这样的人一旦用智慧的钥匙打开了知识大门，将来肯定是国家的栋梁之材。当然，人们只知道他聪明智慧，谁也没想到他的聪慧，也与宗教发生过联系，旗庙曾聘请他为堪布①喇嘛，他虽然犹豫了一下，但还是因为怕将来娶不到萨仁图雅而拒绝了。

三、拳头苏和变成月牙苏和

朝濛没走几天，《朝濛法》也就不提倡了。不管是什么"法"，实施起来都要有个普及、适应、巩固的过程。

朝濛走后不久，就出现了争夺掌勺权的纷争。

如果说争夺掌勺权开始的时候是因为饭菜少，不够吃；到后来够吃了，吃饱了，人们就开始挑挑拣拣了。饭要选没烧煳的，不夹生的，土少的，炖菜里的肉要选肥的烂的……无不体现着时代在不知不觉中发生着的变化。于是乎，手脚麻利的、力气大的总是第一个抢过勺子，理直气壮地把肉盛到碗里；力气弱的、年纪小的只能望肉垂涎，连个肉毛都看不到，谁还敢奢谈什么口福呀。也不知又过了多久，那次苏和给自己碗里挑上几块肉后就把铁勺交给了巴图，还煞有介事地说了一句："我可交给你了哈！"对此，孩子们看着自己的碗，一阵嘈杂，谁也不在乎最后哭的是谁。

这个年龄段的孩子们，正是从玩石子、瓷碗片转移到玩感情

---

① 堪布：藏传佛教寺院或学院的主持人，通常是佛学知识渊博的僧人。

的时期。

巴图的威信很高，将来能够代替朝濛的人也就只有他。所以，按照历史的托付，执掌勺把的权力也就自然而然地落到了巴图手上。他毕竟还是一个孩子，大概是想弥补裂痕加强团结吧，几天后他就一视同仁了，只给苏和的碗里放了两块肉。就在巴图回头的瞬间，苏和转身就在巴图的脸上啪地吻了一嘴。众人一愣，谁也不知道他们的关系是不是发生了根本的变化。尽管变化不大明显，但是苏和"要的时候嘴长，给的时候手短"的劣性仍旧没有改变。好像多把自己当回事似的，把他那臭烘烘的一吻当成了对巴图的最高的回报。一吻的第二天，门德巴雅尔走过来，"骏马的回报在当年，饭碗的回报在当天"，说着就毫不客气地从苏和的碗里夹起一块肉放到巴图的碗里。这显然是一种平衡的手段，因为自从巴图执掌勺把后，门德巴雅尔自愿担当起宿舍的纪律检查员。

谁也没想到，就在这时突然听到啪的一声脆响。出事了！苏和一怒之下，狠狠地抽了门德巴雅尔一巴掌。这次没动拳头，而是一巴掌抽得门德巴雅尔鼻子蹿血满脸开花。推荐巴图执掌勺把后他就很失望，总觉得"用错了人，碗里并没有增多实惠"，今天不知道是有意所为，还是一时失手，竟然给他碗里盛了两块肉。可是这个门德巴雅尔也太不给面子了，竟然不经过他的同意就明目张胆地把他碗里，谁看了谁都会流口水的一块肉，夹起来放进巴图的碗里。任谁谁不恼火？更何况是拳头苏和，能不怒火中烧？！

门德巴雅尔当众挨了一巴掌，得理不让人："难道就你有拳头！"说着挥手就是一拳，却打空了，连根汗毛都没有碰到。呸！不如扇他了，门德巴雅尔很后悔。害怕别人笑话他是一个没有缚鸡之力的书虫，顺手抓起勺子，抡起来就朝苏和的后脑勺狠狠砸去。可是他万万没想到，油腻的勺子手中一滑，勺头换成勺口，直接砸到苏和额头的正中间，锋利的勺口毫不客气地切开一个月牙，鲜血瞬间从弓形伤口流了下来。那些袖子里暗握拳头，本想狠狠地教训苏和的孩子们，一看到鲜血顿时傻了眼。这时昵称为"人民"的十六岁的阿仁走了出来，想阻止战火升级，手脚麻利地从门德巴雅尔棉帽子的开线处，揪出一块棉花摁住苏和的伤口，但是仍旧血流不止。无奈之下他只好从褥子底下拿出他躲着老师偷着抽烟用的火柴，重新点燃一块棉花，连火带灰摁在伤口上，才慢慢地止住了流血。

打架的消息很快就传遍校园，班主任老师、校医、宿舍老师来了，紧跟着校长也来了。门德巴雅尔手持铁勺伤人，错误极其严重，当众向苏和鞠躬认错，并承担一切医疗费用；苏和虽然重伤，但是动手打人在先，负有挑起事端之"罪"；阿仁止血有功，但躲着老师偷着抽烟，违反纪律，没收其烟和火柴。

额头上粘着棉花的苏和，一个星期后伤势痊愈，但是额头上却留下了一个月牙形粉红色伤疤。这个用拳头说话的"拳头苏和"，也就因此变成了"月牙苏和"。

四、胖不起来的秘密

孩子们的众多眼睛发现了一个奇怪的现象。

苏和不仅强行多吃本宿舍的肉，而且还到相邻宿舍去抢，还引用历史课上学到的话，振振有词地搪塞。这是"豁齿衙门的政策"，"侵略者就是这样"，说着就毫不客气地抢过勺子捞肉。但是他不管怎么吃，吃多少肉，就是胖不起来。于是被抢的孩子们好奇地取笑他，"秋膘不胖，一辈子不旺""人家的肉不果腹，火镰的火不暖身"。苏和听了并不计较，反而感觉良好地说："生活中，骂声会锻炼人坚强起来。"

月牙苏和的故事仍在延续，有一天突然间传出的又一个故事，却完全漂白了他以前的故事。吃饭的时候，门德巴雅尔以极快的速度三口两口扒拉完碗里的饭菜，充分利用睡觉前十几分钟的时间，抱起篮球就冲出了宿舍的房门。这时候谁也不知道月牙苏和什么时候也扒拉完碗里的饭菜，只见他站在二十来米远的女生宿舍的墙角，把一个珐琅彩碗交到一个短发姑娘的手上，然后迅速地跑开，绕过房子，再悄悄回到自己的宿舍。这一切只有天地和门德巴雅尔知道。

然而，此事在当时的特定环境里迅速传开，不亚于一颗炸弹，轰动了整个校园。随着跟踪调查、研究诠释的深入，事情也就渐渐清晰起来。接过碗的那个眼睛会笑的姑娘，是比苏和低一个年级的同学，名叫莫德格，也是苏和的老乡，据说那次送给对方那个碗里的是从菜桶里捞出来的肉。校园里一片哗然，有的骂他是"用尾巴抹掉脚印的狐狸"，有的更是尖酸刻薄地讽刺，"与其割下大家的大腿肉去讨好别人，咋就不从自己家里杀一只羊谄媚呢！"

苏和一反常态，并没有话赶话去争执，反而摆出"众人之嘴，能堵住哪个"的架势，忍气吞声，任其鼓舌。"唉，前天晚上她可是滴水未进啊，那次……""这可是挣扎在死亡线上啊！"想到这些，眼睛不由得潮润起来。老师们对这件事并没有明确表态，甚至都没当一回事，几天后在一次宿舍生活会上，班主任老师却说："只不过是帮助莫德格用肉汤做药引子喝蒙药的事，不要因为人家做错一件事，就以为一千件都是错事！"从此以后关于苏和"讨好姑娘"的风言风语也就逐渐淡去。但是，苏和喜爱诗歌，写作天赋也不错，有的人就说："那些涂鸦高手哪个不放空炮，信不得，送药引子不假，想领到小北沟才是真。"

五、世事难料

读小学的几年里，苏和因为馋贪自私，在同学之间被嫌弃、被孤立，没有一个人愿意与他勾肩搭背套近乎。当他知道自己"除了影子之外，再没有朋友"的时候，他才恍然醒悟。从那以后，他才渐渐变得有血有肉，再也不是从前那个无情无爱的石头人。他的这种爱，他也不知道什么时候破土而出，他现在能够想到的只是，他想亲吻阿爸没有成功，只沾了点吐沫，而悻悻跑开。入学后他的爱心越发明显，甚至大有燃烧或爆发之势，但是在人群里，羞于众人之势，他很自卑，既没有燃烧，也没有爆发。他常常望着小北沟发呆，很想亲自去一趟，可是在他的想象里那可是比去北京还遥远。从很早的时候起，他就经常梦想阿爸说的那些美味佳肴，好马娇妻，敞亮毡包。

在经历那艰苦岁月的时候，月牙苏和跳着蒙面"查玛"[①]，尝尽孤独寂寞。年复一年，现在肚子吃饱了，心思也就缤纷起来，他的目光开始不知不觉地转向女生，说起暗地里送肉的事，还真不能排除个中含有讨好之意。但是事与愿违，比如说他和莫德格像狍子一样相向而过时，本来想说上两句话，可是可恶的舌头不给力，笨得只在嘴里打转。特别是看到她撇着嘴，甩着秀发，形同陌路，擦肩而过时，两人的心瞬间拉大了距离，就像被一道玻璃墙隔开了一样让人悲哀。上天啊！真是做梦也没想到，不惜送肉铺路，放长线寄予最大愿望的莫德格也无情地转身而

———————————
① 查玛：内蒙古自治区阿拉善盟地方传统舞蹈。

去，还说他是"没有人情味的家伙"。大失所望的苏和一怒之下，就把莫德格堵在宿舍墙角，指责她"难道你也瞧不起我吗"时，对方却反驳道："我让你不要送了，不要送了，你偏不听，现在好了，连个躲的地方都没有，真想找个地缝钻进去！"说完就嘤嘤地哭了起来。好在苏和相信眼泪，无奈之下，只好讪讪而退。那次泪水面前的失败让他感触颇深，他明白了固执仅仅是轻佻级别的一层薄皮而已，从少年成长到成年，都必须在这个门槛外像蛇一样彻底蜕掉那层薄皮才能聪明起来。

月牙苏和完整地接受完六年小学教育，毕业后按照自己的承诺，回家继承家业并伺候阿爸阿妈。回顾这几年，虽然欺压剥削同学，身负很多"罪行"；但书里书外边边角角地也学了不少知识。但遗憾的是他对为什么没有掌好勺把子的原因，却并没有深刻地反省，而且这些到底与社会有哪些联系，又有哪些区别，他也并没有透彻地了解。说实在的，造成负面影响的只不过是他那固执的性格而已，可是他对此只是停留在一种遗憾的状态中。从固执到灵活的历程还要经历多少磨炼？他现在到底是怎么了？正像俗语所说"被热奶烫过嘴的人，喝酸奶也要吹一吹"，什么事情都不能死搬硬套，一条路走到黑，什么事情都想用一个办法去解决的处事思维，正是他成功的最大障碍。学校的勺把子只不过是孩子们的游戏，只要把碗端平就行了。可是他却像一个见过多大世面的人一样，把这些当成了不起的经验带了回来。其实他不知道那个无形的真正大勺到底在哪里，更不知道应该如何执掌。拿起勺子是碗，放下勺子是碗，举起勺子还是碗，形形色色，各有千秋的碗张着一张张大嘴，众星捧月一样围在勺子周围，贪婪地等待，他哪里知道自己执掌勺子也要因人而异、看人下菜的道理。几次碰壁、几次受挫的他，一个时期突然怀疑这是不是"成长路上积怨，老年时候报应"。所以他在处理各种利益关系时一直小心翼翼，尽量做到公平公正。不过这些却显得十分幼稚，只能是适合孩子们的办法罢了。他常常想，人类难道就没有能力克服自身缺点吗？想着想着，想得多了，他自己也像得了"羊羔风"的二岁子，失去了方向。在原地转来转去，最终陷到大队的账目里不能自拔。

就像"一朝被虎惊，十年拉稀屎"的牤牛，那时候同学们的谩骂和批评，特别是拳头苏和变成月牙苏和的教训，让他刻骨铭心，至今仍旧心存余悸。十八岁之前，他对阿爸的教导就像信奉阿弥陀佛一样虔诚。阿爸赶着牛车送他上学的路上对他说："你是我们家族唯一的薪火，祖先和我们的期望都寄托在你身上了！身体是本钱，你要保护好自己的身体，俗话说'马靠草、人靠饭'，你要吃好学校的饭菜，不能挑肥拣瘦啊！"所以说，他在学校的种种表现，其实就是对阿爸教导的践行过程，只不过执行的时候太过教条罢了。

天时地利和时代的光顾，苏和轻而易举就获得了执掌大队这柄富得流油勺子的机会。但是他不忘在学校得到的教训，以一种截然不同的方式拿起这柄大勺。而且尽量做到公平公正，因此也获得了群众的掌声。如果不知道每一件工作都有每一件工作的特点，每一个时代都有每一个时代的色彩，即使是把自己扔进垃圾箱也不行。首先老婆这一关就通不过，每一次煮肉的时候嘴里总是嘟嘟囔囔地一脸不高兴："占卜拉、吉木彦、张加布家的冬食肉，杀的都是小牛，吃得嘴角流油；你再看看咱家杀的那头老母牛，嚼得我的牙都快磨平了！"他从十八岁开始融入社会，才知道人与人之间交往需要坦诚，需要亲密。三年里连续晋升，从大队会计、队长晋升为大队书记，备受鼓舞，信心大增，下决心为集体事业添砖加瓦。那时候他那层固执的"傻皮"仍旧没有彻底脱掉，正像俗话说的那样，"天生的秉性，皮条也捆不住"，若想扭转一个人直来直去的性格，那得需要多大的磨炼啊！

那是一个物资匮乏的年代，为了保障大队的钢材、木料、水泥供应，他要拉着牛羊肉，厚着脸皮去走门子、跑批条，等待太阳一样等待领导的微笑签字。牛羊肉是送出去了，那可是几万块钱啊！哪怕是收回一半也行啊！于是他张嘴了。可是他却触到了"高压线"，于是上面失去了信任，下面当然也就失去了脚跟。希望在前，懊悔在后，他被罢免了"人民代表"的资格。还没等他从懊悔中挣脱出来，两年后，又被牵连到一家婚礼上醉酒后冻死人的事件中，被醉酒的"审判员"一棍子打断棒子骨，架起双拐成了瘸子。八年后，那个棒子手"审判员"良心再现，带着缎子袍面儿，跪在苏和面前，一把鼻涕一把泪地磕头认错。人虽然得到平反，但是他再也离不开双拐了。这样也好，他是一个认死理的人，"腿脚不好不方便行走，但有利于长坐，更何况双拐绊住了双脚！"他经常这样安慰自己。他一生中最欣慰的一件事，就是像孵小鸡一样，看着自己的四个儿子已经长大成人。他经常自我解嘲："像我这样名声不好的人应该知道心满意足了！""嗨，如果我的腿脚仍旧完好的话……"他忘不了，那时候他像一只馋猫蹲守猎物一样，经过漫长的等待，终于与莫德格相遇，实现了阿爸所说的"人生最大的愿望"！应该满足了，他长长舒了一口气，心里舒服了许多。既然吻不到阿爸的在天之灵，就近就抱住坐在身边的门德巴雅尔的额头啪地吻了一嘴。

六十岁以后他终于开窍，学会了自我批评，琢磨起讲交情。

童年的伙伴还是不一样，说真话。门德巴雅尔在巴图小儿子的婚礼上哭着对苏和说："你这种像木头一样死心眼的人，在这个世界上太少了，凤毛麟角。你的腿本来应该完好才对，你看人家朝濛！掌勺不如抓'德吉'，百十来个老头老太太拥护你又能怎么样，如果有六个领导支持提携的话，你早就飞到天上去了。"听过门德巴雅尔的话，苏和的心头闪过一道灵光，就像被神医把住了脉搏，激动得并未一味地点赞，而是在门德巴雅尔的额头上给了一个响亮的亲吻。后来听过门德巴雅尔妻子的解释，他仿佛对自己又有了一个新的认识。

门德巴雅尔虽然没有给苏和留下三只眼，但毕竟给人家破了相，内疚之余也多有帮助。如果没有门德巴雅尔妻子牵线说媒，也许他至今也找不上媳妇。在学校读书时，大家都知道校园里有一对形影不离的美人，一个是眼睛会笑的莫德格，一个是一笑就露牙的锡林其木格。锡林其木格是用诗歌之网，像扑捉蝴蝶一样把门德巴雅尔搞到手的。之后，门德巴雅尔又恳请锡林其木格为苏和和莫德格牵线说媒。锡林其木格知道莫德格的阿爸阿妈设想的未来女婿，是一个未来能当上官的人，所以她调动自己丰富的生活经验，首先对两个老人展开游说："与其用全浩特的羊祈求远方的活佛，还不如献给当地的喇嘛……"一通游说，说得二老顿时彻悟，大为感化。然后就是不惜工本地给莫德格洗脑，不遗余力地赞美苏和，说他人品如何如何好，能力如何如何强，心地如何如何善良，说得莫德格的眼睛时不时地火花四溅。最后在锡林其木格的攻势下，防线崩溃，阵地沦陷。

苏和吃着故乡的乳汁长大，他热爱自己家乡，为了巩固根基，他信守诺言，竭力以赴。在经历五颜六色的时代潮流的洗礼过程中，虽然他认识了很多人，也结交了很多朋友，但是真正让他从心眼里敬佩的人，除了门德巴雅尔和朝濛外，还真的不多。也许是多年没能与朝濛见面的原因吧，思念他的次数要比童伴门德巴雅尔、巴图、阿仁还要多。随着年龄的增长，每当回忆起往事，朝濛和门德巴雅尔总是抢先走进他的回忆里，他真想为他们写一首诗，可是他在学校学的那些类似好来宝一样的东西，这些年来并没有多大长进。但是他还是喜欢人们在玩笑中称他为"诗人"。用他的话说"爱就是诗"，也许固执的爱与怨也能成为具有个性的诗吧！固执的人，原则性强，为了坚持把自己用奶瓶喂养大的一只小羊留作种羊，据说他曾与阿爸阿妈争吵了三宿。每当诗兴大发，他就会抱住那几个最信任、最佩服的人，轻车熟路，都会来一首亲吻大作。现在如果真的与朝濛相见，还真不知道抱着对方会吻成啥样呢。离开学校三十年后的那次相见时，他搂着朝濛的脖子，只吻了他的左脸，说是要把右脸留给下一次相见。那时候朝濛刚刚被调到东北一个专区担任财政局局长。从那以后，苏和又为自己的童伴远走异地他乡操心担忧起来，唉！人生地不熟的，也不知道吃了多少苦头啊！两地相距遥远，很长时间俩人不能相互联系。后来听人说，朝濛的小日子过得不错，工作也顺利，群众威信很高，朋友兄弟很多，年年都能被评为先进，一颗心总算落地。从那以后，只要有同学聚会，他总要举起酒杯遥祝朝濛步步高升，同时还借着觥筹交错之际约定："咱们几个是不是以旅游或者其他形式，瞅个机会去看看朝濛，他肯定不缺好酒好肉！"大家肯定不会拒绝，借着酒劲，恨不得立刻成行。

遗憾的是，他们的计划因为种种原因并没有实现，但是十年后，朝濛就像借了他们祝福的吉言一样，升迁为省发改委主任。这个消息像春雷一样传到了他们这里。苏和当然高兴，立即召集几个同学举杯庆贺。

那天的饭局仍旧按照老习惯，由苏和一个个吻过几个同学的左脸后，举起酒杯宣布宴会开始。那几个也是习惯性地伸长脖子等待苏和的热吻。不过这次他们增加了亲吻朝濛的内容，但是朝濛又不在身边，只好抓住巴图代替。朝濛是他们的骄傲，酒至半酣，他们又谈论起《朝濛法》，当然也少不了端出苏和的种种愚蠢做法下酒起哄。

他们崇拜那些工作能力强，在什么地方做什么工作都能成功的人，永远是他们说不完的话题。你想想，除了朝濛外，还有谁能让几乎要被历史抹掉的九个濒于破产的工矿企业起死回生，并把两个送进全国五百强之列？这样的人说他能让死人复活，凭他的能力你也得相信。后来又听说朝濛还真的救过三个濒于死亡的病人时，苏和也吃了一惊，心想他这是什么时候又学会了医术！有的同学解释说，你忘了，他的舅舅可是一个喇嘛大夫啊！苏和一想，心里也就坦然了。不管怎么说，这是功德，也是智慧的体现，小道传说，是真是假，慢慢地自然真相大白。"敖包虽高，也起于大地"，群众拥护爱戴，就值得自豪骄傲。特别是想想朝濛小时候的性格，还真是头尾相连，有据可循。大家都相信，朝濛像一颗闪闪发光的新星脱颖而出，是被他们的祝福一语成谶，都为自己有一双识珠的慧眼而兴奋，情不自禁地大喊一声："我们那个班啊……"

有一天，苏和拖着瘸腿出屋晒太阳，惬意之中突然梦魇。朦朦胧胧中，只见门德巴雅尔勉强地溜下马背，步履蹒跚地走到苏和跟前，抱住他后却不是亲吻，而是失声痛哭。苏和心里立刻就有了一种不祥之感，慌乱得不知说什么好，好半天才开口问道：

"不会是锡林其木格出什么事了吧？"

门德巴雅尔并没有正面回答，而是恼怒地骂了一句："这该死的牲畜！"

苏和推开门德巴雅尔，又在他的肩上有气无力地捶了一拳，心想，这家伙还在骂人，看来问题不大。不过心里还是惴惴不安，莫非是他的孩子出什么事了？

不管怎么说，现在是不能直截了当地询问啊！想到这些，苏和就婉转地绕了一个圈：

"只要人没事，牲畜无所谓，想开一点！"他想就轻避重。苏和对自己的问法很满意，但门德巴雅尔却哀叹一声，望着苏和说道："唉！别说是你呀，就连我都没想到啊……"

看来不是什么人命关天的大事，苏和的心里踏实了很多，就不耐烦地撑了门德巴雅尔一句："一个大男人别老是婆婆妈妈的，勇敢点，顶着干！生个什么有什么关系，我全力支持你。"他以为是牛羊产仔。

门德巴雅尔哽咽着望着天空回答道：

"我们那些愚蠢的想法全被老天毁灭了！"

"到底怎么了？"

"朝濛被害了！"

"什么？不可能，肯定是造谣！"

"看来是真的了，听说都是因为不明来历的财产……"门德巴雅尔说得有气无力，苏和也听得浑身瘫软。

朝濛确实被害，不信也难，最后事实无情地做了证明。谁都知道那几年他为别人做了很多好事，权内权外也帮了很多朋友，凡是兄弟们的请求，不管多难，他都会竭尽全力。开始的时候纯粹是不求回报的帮忙，心里非常高兴。渐渐地那些被帮助过的人坐不住了，说是要表达心意，远的近的，不管是白天黑夜还是刮风下雨，还是大雪寒冬，提着酒，揣着烟，抱着羊腿，扛着白面，挤进家门。刚开始的时候，朝濛也很不好意思地好言拒绝，尽管来者为了表达"礼轻心意重"采用各种手段，但朝濛从不为之所动。能推则推，实在推不掉的肯定都有回礼，收你五十元的礼物，回你价值一百元的回礼，而且还要搭上一顿酒。可是习惯势力这东西太厉害了，正像俗语所说的那样"树欲静而风不止"，仅凭自己的美好愿望，已经难以左右了。那些口口声声"感恩"的人，不管你怎么劝说，都无济于事，为了达到目的，就像发疯的公牛一样头角触地，又哭又闹，甚至昏迷抢救。都到了这种程度，你说怎么办？！后来到了难以抵挡的时候，他也争吵过，强行拒绝过。但是他一看到那些人期待的目光，同情的心就软了，不好意思撕破脸皮，更不能状告法院报警公安，最终一败涂地，走向了法律的对立面。在习惯与法律面前，朝濛就像钻进风箱的一只老鼠出不来了。"没本事的家伙，这也怕那也怕，要也不敢要，给也不会给，这样的人岂能成就大事？！"一时间，像木刀一样的各种各样、五花八门的议论，便在各地盛传起来。习惯势力这柄没有把柄、没有主人的屠刀下，有多少纯洁的灵魂夭折，死在不见血的刀下啊！

朝濛按照从小的理解，虔诚地遵循"与其十匹骏骑相陪，不如十个安达相伴"的至理箴言，但他却过于教条了。所以在习惯势力面前，不能理直气壮地握紧拳头，只能弯腰屈膝，一步步滑向罪恶的深渊。他半个世纪的生存状态留给人的印象太深了，特别是他那首浸透血泪的《永恒的倾诉》一诗，像惊雷滚过人们心头，故事虽然结束，余音仍在心里震荡。

原载《花的原野》2019 年第 12 期

译于 2022 年

黄 狼 谷

席哈斯巴特尔 著

陶力 译

席哈斯巴特尔

1964 年出生，内蒙古奈曼旗人，文学博士，内蒙古师范大学蒙古学学院教授，博士生导师。现为内蒙古民间文艺学研究会常务理事、中国蒙古文学学会理事。研究方向为蒙古民俗、蒙古民间文学与文化人类学。主持国家、省部级项目共六项，出版专著六部，发表论文一百多篇，诗歌、小说五十多篇。获内蒙古自治区哲学社会科学优秀成果奖四次。

陶力

1990 年出生于内蒙古呼伦贝尔市新巴尔虎左旗。内蒙古大学第四期文学创作研究班暨翻译研究班学员。内蒙古翻译家协会会员。现任新巴尔虎左旗东部区蒙语译制基地蒙汉翻译。

秋天的季节凉意沁人，树叶枯黄。油蒿旁，锦鸡儿边出现的小孩足印着实把莫日根老人给吓了一跳，不由得开始打怵。这荒郊野外怎么会有小孩的脚印？真是梦中都没有见过的怪事啊！

莫日根想着："该不会是有小孩迷路了吧？"便开始循着足迹寻找，到了长着柳条的盆地中长满杂草的原野上，脚印就消失了。"如果真是小孩，那肯定会往松软的土地上走吧？不然不怕荆棘扎脚吗？"老人边想边赶着羊群回家。

是夜，莫日根老人想着谷中的足印辗转反侧，难以入睡。"如果真的是小孩迷路了，那这寒风与荆棘丛中他该怎么过夜啊？"越想越不安的老人爬了起来穿好衣服，正要出去时老伴儿阿日西玛问道："大半夜的不让人睡觉，要上哪儿去？"莫日根便跟她道出了自己白天的见闻。

"你这老糊涂，那不是小孩的脚印，是黄鼠狼的脚印。"老伴儿说完，他恍然大悟。

黄狼谷中黄鼠狼已经绝迹了五十年，莫日根大惊小怪也确实是情有可原。近些年砍柴的人变少了，艾菊丛中的兔子、野鸡也多了起来。就算看见几只狐狸也不是什么怪事，周围三四十里地偶尔也会有黄鼠狼出没的消息。

莫日根年轻时候也曾别着布鲁①，走过盆地树丛、沙漠荆棘，四处狩猎。如今想着尖嘴利齿的黄鼠狼膘肥肉嫩，又开始失眠了。

莫日根心不在焉地喝完早茶，把羊群往谷中一赶便开始追踪起了那些足迹。老话中常说"杀死黄鼠狼的地方，要拿着布鲁棒去"②，老头循着昨日足迹找了许久，但除了一些豆鼠印外却一无所获。不甘心的老人频频留意着路过的荆棘与枯萎的灌木丛，终于在滑下来的沙子上发现了黄鼠狼的足迹，跟着便找到了它们在沙丘向阳处的洞口。

莫日根想着，比起马鬃套环还是细铁丝套环结实点，便在洞口布置了铁环圈套，另一头钉上铁橛子固定。第二天去看时发现黄鼠狼居然咬断了铁丝逃掉了。

"就算你长了一口铁齿铜牙，也逃不出我的掌心。"老人心中酝酿着狩猎的方法。

莫日根许久没有打猎，没有驯养猎犬，但有一条四眼的黄黑色土狗陪伴了他许多年。这次就看你的了！心知心急吃不到热豆腐的他给土狗喂了几天流食，紧了紧它的筋骨。

几日后，莫日根腰上别着投掷的布鲁，牵着狗，在离洞口不远的茂密柳条丛中埋伏，莫日根计划在黄狗咬住黄鼠狼的刹那，自己猛地冲出去对着黄鼠狼光溜溜的鼻子一棒子把它打死。思绪乱飞间他不自觉地开始幻想，乡里的男女老少乃至学校孩童都对着他竖起大拇指，称赞他是个言出必行的好汉子。尤其是桑杰老头来到他跟前说："不愧是我们的莫日根大哥，是个好汉子。"想

---

① 布鲁：狩猎的短木棒猎具。

② 杀死黄鼠狼的地方，要拿着布鲁棒去：据说黄鼠狼的报复心很强，如果打死了，它的子孙后代都会来报复，所以去杀死黄鼠狼的地方，要拿着布鲁棒去，要时刻警惕。

到这里莫日根心里就舒坦得忘乎所以，不禁想哼上两曲。桑杰年轻时是远近闻名的猎人，是个险峻深处的狐狸抓得比谁都多、带崽的狼都一窝端过、遇到鹿群都要逮上两只的打猎高手。他自狩猎开始就很少夸赞其他猎人，次数犹如白日星辰。雾时间，黄狗像离弦的箭一般猛地蹿了出去，莫日根以为黄鼠狼出来了就连忙起身。却发现撒腿逃命的不是黄鼠狼，而是伸长褐色身体，甩着大尾巴逃跑的豆鼠。

老头喝着凉水，嚼着干粮等到了日落，依旧没见到黄鼠狼的丝毫踪影。可能是嗅到了人的气味，老头想着等到晚上再来突袭。

十五的月光清澈，莫日根又拿着布鲁棒，带着黄狗，埋伏在离洞口不远的锦鸡儿丛中。等了约一个小时后，一只肥硕的黄鼠狼在洞口探头探脑地四处张望着，约莫过了半个小时后才离开洞口出去觅食。就是现在！老头拍了拍黄狗，它猛地冲了出去。黄鼠狼的钢牙在月光中闪烁，趾甲长得像刀子一样锋利，把黄狗吓得不敢上前。老头再次示意黄狗，它见主人靠近又开始对着黄鼠狼龇牙咧嘴。黄鼠狼倒是一点儿都不怵，仰起身子躺下后用后腿疯狂抽打黄狗的嘴角，黄狗夹着尾巴惨叫着向老头跑过去。

老头虽然骂着不争气的畜生，但看着被撕裂的狗嘴也不由得心疼起来。晚上老头做了个奇怪的梦，他拿着铁锹，挖掘黄鼠狼洞的时候掉了进去，差点晕倒。这时几只小黄鼠狼跑来扶起他，替他掸去裤腿上的尘土。老头环顾四周，洞中分支依稀可见，但是看不见尽头。通道洞口狭窄，但是越走越宽敞让老头着实惊奇了一把。几只小黄鼠狼领着莫日根钻进一个宽敞的支洞时看到一只大黄鼠狼正在一个树根上蹭着身体。几只小黄鼠狼噘着嘴像是在说："我们把狡猾的老头领过来了。"大黄鼠狼眯着镶在毛发中的小眼说道："为了抓我们跑遍沙漠荒野的莫日根老头就是你吗？放陷阱、烟熏掘洞也休想抓住我们！如果还敢惹我们，我就撕开你家黄狗肚子，让你也去见见阎王！"它的胡须随着话音抖动，趾甲上泛着寒光。黄鼠狼的爪子别说是沙丘山谷，就算是岩石山峦都可以凿穿，更何况是人的身体，撕裂衣服，开膛破肚那肯定都不在话下。说话间每个洞口里都跑出来大小不一的各种黄鼠狼，撕裂了老头的手脚、脖颈、后背……

刹那间老头被惊醒。

莫日根浑身冷汗浸透了被窝，心脏不受控制地扑通扑通乱跳。老头想着"梦到底是梦，子虚乌有的东西"，依旧下决心明天去熏一熏黄鼠狼的洞。

西北吹来的狂风中枯草、落叶、羽毛漫天飞扬。老头在洞口点起了半干的牛粪，坐着用鞍屉往洞口中扇着烟。风渐渐停下来时，老头欣赏着呛鼻的浓烟往黄鼠狼洞穴里弥漫。

老头发现另外还有一个洞口，凑近查看时听到有个老太太在喊："你这个老糊涂，想熏死奶奶啊！"转身望去看见一个年迈的老妇在不远处身影闪了一下就消失不见了。莫日根不敢相信自己的眼睛，再看向洞口依旧浓烟弥漫。黄狼谷没有鬼怪，但碰上黄鼠狼会不会撞邪？老头半信半疑，又惊又奇地抓起一把土，贴在了额头上。

这时大风忽起，谷中黑烟滚滚，火星飘上周边的草地树木中，干草僻里啪啦地燃烧起来，还未收走的田里着起了火。莫日根想扑灭风中蔓延的火势，但手上只有鞍屉和布鲁棒，只能拼命叫喊："快来救火啊，快来救火啊……"急得来回跳脚。也不知道桑杰何时赶来了，指着莫日根的鼻子大骂道："真是个煮了不出汤，老了不长心的东西，天天抓黄鼠狼，抓黄鼠狼，结果把谷给烧了，真该把你像狐狸一样拎起来，兔子一样吊起来。"

莫日根像是霜打的荞麦一样垂下了头，沉默不语。

夜里老头梦见自己变成了黄鼠狼，在黄狼谷中悲鸣。

原载《花的原野》2019 年第 2 期

译于 2022 年

游 戏 房

阿·吉日木图 著

查干路思 译

阿·吉日木图

1984 年出生于内蒙古赤峰市翁牛特旗。曾于鲁迅文学院第三十五期少数民族文学创作培训班进修。内蒙古作家协会会员，内蒙古文学翻译家协会会员，内蒙古新文学学会理事。先后出版、编写、转写多部图书。曾荣获首届"花的原野"文学那达慕散文组优秀奖、首届"青年杯"微小说大赛优秀奖、庆祝中国共产党成立一百周年"花的原野"文学那达慕散文组优秀奖等奖项。

查干路思

本名白龙，蒙古族，1972 年生。中国作家协会会员。内蒙古兴安盟翻译家协会主席、作协副主席。著有《科尔沁记忆》等六部著作。翻译著作有《我的科尔沁》等四部。散文集《科尔沁记忆》获得内蒙古自治区精神文明"五个一工程"优秀图书奖。散文集《科尔沁记忆》和翻译作品集《我的科尔沁》入选中国作协重点扶持项目。

游戏房

眼看到了周末。为满足女儿的愿望准备去图书馆。她不是喜欢读书，就算给她拿一些书，她也没到识字的程度。她的主要目标在儿童游戏的那个楼层，是为了玩泡沫积木。我们小时候用泥巴和碎瓷瓦片玩过家家。现在的孩子们可不是这样。我女儿盖房子玩儿的主材料是泡沫。社会在不停地发展，转眼工夫出现了很多新鲜事物。

因为是周末，也不用太着急。起得很晚，又遇上堵车，到图书馆的时候已经聚起了很多孩子。找到泡沫的孩子们各自开建游戏房。有的建起了大小不对称的歪楼，有的却建造得十分规整，像古城堡。每个人的心情都不一样，有的看着自己的歪楼很满意，有的嫌弃自己的城堡唉声叹气。这些都不碍事，孩子们最关心的是想拥有一栋自己盖的房子。

女儿脱了鞋子就开始找各种泡沫。别人嫌弃的或者没太在意的泡沫她都像是捡牛粪一样捡来了。这是要盖起自己房子的节奏啊。我没想去孩子们中间捣乱，孩子们的游戏还是归孩子们玩儿才对。女儿的目光有时候落在别人盖得特别好看的房子上，有可能是喜欢他们形状好看或色泽鲜艳的泡沫也说不准。有时瞅着某个孩子的房子发呆，要么是从心底里喜欢这房子，要么是喜欢人家的某些泡沫了。无非是这两种原因。要说是喜欢上泡沫了，那就存在三种情况：一是只看看；二是抢夺；三是偷过来使用。我没跟女儿说话，悄悄地观察起来。好像是第一种情况明显一些，有可能是第二或第三种想法也有，就是有点胆怯而已。有时候胆怯容易犯错误。我女儿的房子外观很一般。她对自己盖的房子很不满意，想要找来一些好看的泡沫，就东张西望地去找。孩子们对自己建成的房子格外爱护，就像下了蛋的老母鸡，不让别人接近。从这个意义上来讲，我倒是成了女儿游戏房的看守人。女儿两手空空地回来了，但是眼睛还在不停地观察着周围。已经有了自己的房子了，为什么不安心地玩儿呢？

"宝贝儿，既然你已经有了自己的游戏房，就安心地玩儿自己的呗，为什么总是东张西望呢？"我问。

"哎呀爸，我的游戏房特难看。那个胖哥哥盖得房子多好看呀，我也想有个跟他一样的游戏房，但是泡沫没有了。"女儿说着继续东张西望。

"我觉得你的房子也很好看，还是在自己的房子里玩儿舒服吧。"她把我说的话当成了耳旁风，跑得没影了。

旁边城堡的胖孩子玩累了吧，汗津津的。他父母在旁边看着可能不忍心了，好说歹说把孩子领出去了。与我女儿一样眼睛盯着那个城堡的孩子们不约而同发起突击，瞬间把城堡拆开了，抱着抢到的泡沫跑回自己的游戏房子里。胖孩儿转过头来看到自己的城堡瞬间被扒掉，伤心极了，还没开始哭呢，爹妈硬拽着他大步离去。胖孩儿不断地转过头来看着我们，最后转过弯儿不见了。我女儿也抢到了一些泡沫忙得不可开交。孩子们达到目的高兴极了，毫无累了乏了的样子。看到女儿张嘴笑着，我也高兴了。扒掉胖男孩城堡的几个孩子们各自忙碌着装点自己的游戏房。我女儿把抱过来的泡沫一股脑儿放在我前边，叽叽喳喳说个不停，还在笑。新的游戏房建好了，我瞅了瞅，他们的游戏房比不上胖男孩的城堡。我感到好奇就问孩子们："孩子们，看看你们自己的游戏房吧！比胖孩儿的城堡好看吗？你们刚才为什么要扒掉那个城堡呢？你们进那个城堡玩儿不行吗？"我女儿噘嘴说："那是别人的房子。这才是我自己的房子。"

说得有道理啊。自己动手盖游戏房是孩子们的欢乐。孩子们动手美化着自己的游戏房。但是抢过去的泡沫毕竟有限，他们又开始东张西望。他们的眼睛好像在表达着：这回谁要走呢？扒掉谁的游戏房，得到几个泡沫呢？孩子们的想法都表现在他们目光里，这句话应该是对的吧？

时间过得很慢。孩子们的游戏房盖好了又扒掉了。孩子们的创新思维得到空前的发挥，有的建起了小区，有的建了城堡，还有的只搭了院墙。游戏房都直立在那边，相互观望。已经到了中午，女儿我俩的肚子咕咕叫。但是女儿舍不得游戏房不想走。她总说："我不饿。"我连哄带骗终于将女儿带离了那个游戏房。女儿也是一步三回头慢慢地走出门来。不一会儿后边发出哗啦啦的声音，无疑是女儿的游戏房被其他孩子们扒掉了。

多嘴的人

我总是因多嘴而惹祸。见到看不惯的东西总是忍不住想说几句。不能因为话多，就把嘴皮子缝上吧？我知道生活中遇到的很多事情不能靠蛮力去解决。但是仅仅靠我的口才，或者靠我的智商去解决，那就是空话罢了。

那天我无事可做出去逛商场。突然看到很多人聚在一起，议论着："多么可爱的狗仔啊！""世上还真有这么好看的狗呢！"多事儿的我马上凑上去了，然后看到耳朵耷拉、眼睛眯缝成一条线的一只狗在那边蔫儿坐着。我马上说："咦，这狗哪里好看了？是你们没眼光还是狗主人是……"我还没说完呢，那些人刀子似的目光扎了过来。为了狗不能丢了人，我捂着嘴马上离开了。但是那只狗真的很丑，腿短不说，还无精打采的，眼睛、耳朵都不好看。怎么瞅都是奇丑无比。这就是"情人眼里出西施"吗？他们喜欢这种狗，都有着共同的美学眼光？应该是人云亦云罢了。别价，多嘴惹事，我的嘴啊真是口无遮拦啊。

　　再往前走，听到有个女人用沙哑的嗓子在叫卖："减价了，服装便宜了。"真是便宜货吗？挤进去一看，说是一千元的服装打折了，一百元就卖。这也太便宜了，我就挑三拣四地扒拉起来。突然看到有个价签里写着六十元。我又犯了毛病："你怎么能把六十元的服装加价后一百元卖呢？"这时候选服装的几个人瞅瞅我又瞅瞅那个胖女人悄悄溜走了。我觉得自己立了大功，刚要转过头来发表长篇大论，"啪"一声被扇了耳刮子，满眼冒金星，晕头转向。最后我成了破坏市场秩序的坏分子，被门口保安踢出来了。关于真理与伪价我还想争论一二，不料脸部肿胀难受，没办法我闭嘴了。

　　我去医院，找了个医生让他看看肿胀的脸部。那医生把脉的同时观察着我鼻青脸肿的模样。我马上不乐意了："有个地方，某个医生把脉，抓住人家手腕儿上的韧带，说是脉象如木了。您不会那样吧？但是看外伤引起的脸部肿胀还需要把脉吗？"我舌头发硬勉强说着。医生没当回事，照样继续把脉。我幻想着是不是碰上了大清御医后代什么的，他却无中生有说道："你脸部肿胀已经很多年了吧？说吧，多少年了？"明明是刚才发生的事，我把对胖女人的怨气全部撒在医生身上："半小时前一个胖女人打的，你胡言乱语什么？"我刚要说两句，医生叫来几个保安把我送到了精神病专科。

我瞬间成了精神病患者。我辩解道："我没有病，我只是批评了几句那个大夫，他们就把我送到这里了。"精神病专科医生没拿正眼瞧我，说："来我们这里的病患都说自己没病，偏偏那就是有病的证据呢。"说完把我反锁在一个狭小的房间里，迈着四方步走了。

金钱迷散搭嘎

散搭嘎我俩认识好多年了。我俩偶尔见着了聊得昏天黑地，但是见面机会并不是很多。城市生活就是这样吧，生活在同一个城市的朋友，却像远房亲戚一样一年只见那么一两回。

城市这种新的居住方式在好朋友之间隔离出一道无形的墙。离我们两步远、住对门的那家人，我们一天最起码见一次，有时候见两三次。但是我们像有着好几代的深仇大恨，见面从来不搭话。是因为小心谨慎还是怕麻烦我都不清楚。就是不想搭话，日子久了反而觉得不搭话是天经地义。生活被简化得都懒得说话了。替代牛粪，我们烧着天然气。住房越来越小，像火柴盒，啥都变得轻了。有人说过的：懒惰的那个善于创造，最后勤奋的都变懒惰了。但是散搭嘎家离我们有点远，所以见得不多也说得过去。

散搭嘎我俩大概年前年后才能见一次面。所以一见面就开始说古论今，无话不谈。其实说的不外乎也是别人在很自由的场合说过的话题而已。只是说什么事情他都会用金钱来衡量。比如我说："蒙古西征胜利的关键是速度。"他就马上接上："速度快才是节省粮草、节省钱财的好办法。"我说:"清朝限制喇嘛娶妻生子,所以蒙古人口大量减少了。"散搭嘎就接着说:"养育一个孩子长大成人需要花很多钱哦,那时候孩子长大了也改变不了当喇嘛的命运。"他就这样把什么事情都跟金钱生拉硬扯在一起解释。中世纪蒙古人习惯了喝砖茶,后来用牛换茶,买卖肯定亏大了吧?要是我们祖先没有形成喝茶的习惯,那我们现在肯定是富有多了。他这样分析,听起来好像也有一定的道理。你想想,养蚕卖丝线的人,背着一包丝线横跨北方高原,回去的时候装丝线的那个包里装满了金钱。要是这种人跟散搭嘎遇见了,就不一定那么顺利。

散搭嘎对我一向很好。我俩平常一年只见那么一两次,每次都是他请客。但是大多时候他总是把钱包落在家里。金钱迷散搭嘎也是健忘的人啊。作为朋友不能总说人家健忘的事,健忘应该也是一种病吧?尤其是物价涨得没谱,大家的钱包都不太鼓了,所以要正确理解散搭嘎的健忘症。

俗话说"吃水不忘挖井人""养兵千日用兵一时",等等。想着朋友的诸多好处,偶尔报答一下顿感欣慰也是有的。我时刻想着给散搭嘎做好事,今天终于有了机会。我们单位要印刷一千份宣传单,由我去联系印刷。这是动一动机器就能掉钱的美事。我想把这个难得的机会送给散搭嘎。我当时就奔到散搭嘎那边,事情进展得很顺利。说一千道一万,不如好好地帮一把。散搭嘎也高兴极了。"下次还有这种好事,一定要想着老朋友哦,到时候我隆重请客。"他笑着,分别的时候差点儿亲我一口。人啊,就得这样互相帮衬着才对。

今天我往散搭嘎工作的打印社那边奔去。我个人的事需要复印两张东西。以前给他找过印刷一千份宣传单的活儿,就这两张东西,他肯定会免费的吧,我是这么想的。人就是这样,总是想着这些小便宜。复印两张图很快，眨眼完事儿了。我想跟散搭嘎说点什么，刚要张口，他赶着说道："一两张的这样复印老贵了，但是对你我肯定要便宜一点哦，哪天我好好请你吃饭。"说着他的眼睛盯着我看，那眼光分明是在等着我掏钱。

原载《花的原野》2020 年第 5 期

译于 2022 年

图书在版编目（CIP）数据

嗬嗬阿拉塔 / 内蒙古翻译家协会编 . -- 北京：作家出版
社，2024.7

（优秀蒙古文文学作品翻译出版工程）

ISBN 978 - 7 - 5212 - 2898 - 4

Ⅰ . ①嗬… Ⅱ . ①内… Ⅲ . ①短篇小说 - 小说集 - 中
国 - 当代 Ⅳ . ①I247.7

中国国家版本馆 CIP 数据核字（2024）第 102107 号

嗬嗬阿拉塔

编　　者：内蒙古翻译家协会
特约编辑：陈晓帆
责任编辑：袁艺方
装帧设计：孙惟静
蒙古文题字：艺如乐图
出版发行：作家出版社有限公司
社　　址：北京农展馆南里 10 号　　　邮　　编：100125
电话传真：86 - 10 - 65067186（发行中心及邮购部）
　　　　　 86 - 10 - 65004079（总编室）
E - mail: zuojia@zuojia. net. cn
http: // www. haozuojia. com
印　　刷：唐山嘉德印刷有限公司
成品尺寸：152 × 230
字　　数：190 千
印　　张：14.5
版　　次：2024 年 7 月第 1 版
印　　次：2024 年 7 月第 1 次印刷
ISBN 978 - 7 - 5212 - 2898 - 4
定　　价：45.00 元